東野圭吾
Higashino Keigo

林佩瑾／譯

怪笑小說

怪笑小說

Contents

總導讀　林依俐

由不屈的堅持所淬煉出的奇蹟

如果你問我，東野圭吾是位什麼樣的作家？

我會回答你，他是位不幸的作家。

你一定會覺得奇怪，光是以《嫌疑犯X的獻身》（二〇〇五）一書，便幾乎囊括了二〇〇六年日本推理文學相關獎項，同書在日本的銷售量更是打破五十萬大關的「暢銷作家」東野圭吾，怎會有什麼不幸可言？

在說明之前，請讓我先簡單介紹一下東野圭吾這位作家。

東野圭吾一九五八年生於大阪，大學畢業後進入汽車零件製作公司擔任工程師。由於希望在工作以外，也能在私生活之中有個較爲不同的目標，所以開始著手撰寫推理小說，投稿日本推理文學代表性的公開徵選長篇小說獎「江戶川亂步獎」。

這並不是東野第一次寫推理小說。早在他十六歲的時候，由於看了小峰元的作品《阿基米德借刀殺人》（一九七三，第十九屆江戶川亂步獎作品）大受感動，之後又讀了松本清張的《點與線》（一九五八）、《零的焦點》（一九五九）等作品。一頭推理熱的他便曾試著撰寫長篇推理小說，而且第一作還是以重大社會問題爲主題。然而由於完成於大學時期的第二作被周遭朋友嫌棄，「寫小說」這件事便從他的生活之中消失了好一陣子。

而獲得亂步獎的夢想讓東野重拾筆桿。在歷經兩次落選後，他的第三次挑戰——以發生在女子高中校園裡的連續殺人事件爲主軸展開的青春推理《放學後》（一九八五）——成功奪下了第三十一屆江戶川亂步獎。之後他很快地辭了工作，前往東京致力於寫作。自從一九八五年《放學後》出版以後，東野圭吾幾乎是每年都會有一到三部甚至更多的新作問世。他不但是個著作等身的多產作家，其筆下的內容也橫跨了推理、幽默、科幻、歷史、社會諷刺等，文字表現平實，但手法卻絲毫不拘泥於形式，多變多樣。

看到這裡，如果你對於近年的日本推理有一定程度的了解，或許你會聯想到宮部美幸——多采的文風、平實的敘述、充滿令人訝異的意外性；但是在兩者之間卻又有著決定性的不同。

那就是——相對於宮部美幸出道約二十年來，陸續囊括高達十項的日本各式文學獎，筆下著作本本暢銷；東野圭吾卻是一直與日本的各式文學獎項擦肩而過，且真正開始被稱爲「暢銷作家」，也是出道後過了十多年的事。

實際上在《嫌疑犯X的獻身》同時獲得直木獎與本格推理大獎，並且達成日本推理小說三大排行榜——「這本推理小說了不起！」、「本格推理小說ＢＥＳＴ10」、「週刊文春推理小說ＢＥＳＴ10」——前所未有的三冠王之前，東野出道二十年來所寫下的六十本小說（包含短篇集）裡，除了在一九九九年以《祕密》（一九九八）一書獲得第五十二屆日本推理作家協會獎之外，其他作品雖然一再入圍直木獎、吉川英治文學新人獎等獎項，卻總是鎩羽而歸。

在銷售方面，他也不是那種只要出書就大賣的暢銷作家。在打著「江戶川亂步獎」招牌的出道作《放學後》創下十萬冊的銷售紀錄之後（江戶川亂步獎作品通常都能賣到十萬冊），整整歷經了十年，東野才終於以《名偵探的守則》（一九九六）打破這個紀錄，而眞正能跟「暢銷」兩字確實結緣，則是在《祕密》之後的事了。

或許是出道作《放學後》帶給文壇「青春校園推理能手」的印象過於深刻，東野圭吾本人雖然一直想剝下這個標籤，過程卻不太順利。書評家們往往不是很關心他在寫作上的新挑戰。這也難怪，在東野出道後兩年，也就是一九八七年，以綾辻行人等年輕作家爲首，提倡復古新說推理小說的「新本格派」盛大興起。從文風與題材選擇看來，東野圭吾作品用字簡單，謎題不求華麗炫目，內容既不夠社會派又不像新本格，自然不會是書評家們熱心關注的對象。

就這樣出道十餘年，雖然作品一再入圍文學獎項，卻總是未能拿到大獎；多少有機會再版，卻總是無法銷售長紅；傾注全力的自信之作，卻連在雜誌的書評欄都占不到個像樣的位置。

所以我才會說，東野圭吾是個不幸的作家。說眞話這何止是不幸，實在是坎坷，簡直像是不當的拷問。

在獲得江戶川亂步獎後，抱著成爲「靠寫作吃飯」之職業作家的決心，東野圭吾辭去了在大阪的穩定工作來到了東京。這個決定使得他沒有退路，不管遭遇什麼樣的挫折，都只能選擇前進。於是只要有機會寫，東野圭吾幾乎什麼都寫。

二〇〇五年初，個人有幸得以見到東野圭吾本人並進行訪談時，曾經談到關於他剛出道不久時，在推理小說的範疇內不斷挑戰各式題材時期之心境。他是這麼回答的：

「那時的我只是非常單純地覺得自己必須持續寫下去，必須持續地出書而已。只要能夠持續出書，就算作品乏人問津，至少還有些版稅收入可以過活；只要能夠持續地發表作品，至少就不會被出版界忘記。出道後的三、五年裡，我幾乎都是以這種態度在撰寫作品。」

不過畢竟是背負著亂步獎的招牌出道，畢竟是身處日本泡沫經濟蓬勃、推理小說新風潮再起的八〇年代後半至九〇年代，向其邀稿的出版社當然也都希望東野圭吾能夠以「推理」爲主題書寫。配合這樣的要求，以及企圖擺脫貼在自己身上那「青春校園推理」標籤的渴望，東野嘗試了許多新的切入點，使出渾身解數試著吸引讀者與文壇的注意。於是古典、趣味、科學、日常、幻想，在他筆下似乎沒有什麼題材不能入推理，似乎沒有題材不能成爲故事的要素。或許一開始只是爲了貫徹作家生活而進行的掙扎，但隨著作品數量日漸累積，曾幾何時也讓東野圭吾在日本文壇之中，確實具備了「作風多變多樣」這難以被輕易取代的獨特性。

是的，東野圭吾是位不幸的作家。但也因此我們才得以見到，那些誕生於他坎坷的作家路上，由歷經幾多挫折仍不屈的堅持所淬煉而成，在簡素之中卻有著數不清面貌的故事。以讀者的角度而言，能與這樣的作家共處同一個時代，還眞是宛如奇蹟一般的幸運。

在推理的範疇裡，東野圭吾從不吝惜挑戰現狀。從初期以詭計爲中心的作品，漸漸發展出許多具有獨創性，甚至是實驗性的方向。其中又以貫徹「解明動機」要素（WHYDUNIT）的《惡意》（一九九六）、貫徹「找尋兇手」要素（WHODUNIT）的《其中一個殺了她》（一九九六）、貫徹「分析手法」要素（HOWDUNIT）的《偵探伽利略》（一九九八）三作，可說是東野在踏襲傳統推理小說元素之下，卻又充分呈現了屬於現代風貌的鮮麗代表作。

而出身於理工科系的背景，也讓東野在相較之下，比其他作家更擅長消化並駕馭以科技爲主軸的題材。像是利用運動科學的《鳥人計畫》（一九八九）、涉及腦科學的《宿命》（一九九〇）和《變身》（一九九一）、生物複製技術的《分身》（一九九三）、虛擬實境的《平行世界戀愛故事》（一九九五），還有之後以湯川學爲主角展開的「伽利略系列」裡，東野都確實地將自己熟悉的理工題材，在分解組合後以最簡明的方式呈現在讀者眼前。

另一方面，如同「處女作是作家的一切」這句俗語所述，高中第一次寫推理小說便企圖切入當時社會問題的東野圭吾，由《以前我死去的家》（一九九四）中牽涉兒童虐待的副主題爲開端，對於社會人心的描寫，似乎也成了他作家生涯的重要課題。例如以核能發電廠爲舞臺的《天空之蜂》（一九九五）、試探日本升學教育問題的《湖邊凶殺案》（二〇〇二）、直指犯罪被害人及加害人家族問題的《信》（二〇〇三）和《徬徨之刃》（二〇〇四），都在在顯露出東野對於刻畫社會問題與人性的執著。

東野圭吾這種立足於推理，進而衍生至科技與人性主題上的寫作傾向，在發表於二〇〇五年的《嫌疑犯X的獻身》中，可說是達到了奇蹟似的調和，也因爲這部作品，在二〇〇六年贏得各種獎項，讓東野圭吾正式名列「家喻戶曉的暢銷作家」之列。加上這幾年來，東野作品紛紛電視電影化，他的不幸時代成爲過去，並站上前人未達之高峰。二十年來的作家生涯開花結果，創造了日本推理文壇近年來難得一見的奇蹟。

好了，別再看導讀了。快點翻開書頁，用你自己的眼睛與頭腦，去感受確認東野作品中理性與感性並存，而又如此引人入勝的獨特魅力吧！那將會勝於我在這裡所寫的千言萬語。

本文作者介紹

林依俐，一九七六年生。嗜好動漫畫與文學的雜學者。曾於日本動畫公司GONZO任職，返國後創辦《挑戰者月刊》並擔任總編輯，現任全力出版社總編輯，另外也負責線上共享閱讀平台ComiComi（http://www.comibook.com/）的企畫與製作總指揮。

積鬱電車

這時間的電車內總是這幅光景，日復一日。

剛過晚上八點，這輛從都心駛往郊外的私鐵（*1）快車內頗擁擠，雖不至於擠到無法動彈，要攤開報紙來看是不太可能的。這天是非假日，乘客自然多是上班族。

河原宏面前坐著的乘客下車了，真走運，終於有了空位。他要前往的是位於郊外的某研究所，還有相當一段距離才到站，得在這輛電車裡再待上一陣子。

（呼，得救了。帶著這麼重的東西，要是站上幾十分鐘，我可吃不消。）

他輕敲了敲膝上的公事包，裡面裝的是今天必須送抵研究所的樣品。為了完成這東西，河原連續熬夜了好幾天，昨晚也只睡兩個多小時。

電車晃動著，疲累的身軀感到格外舒適，他不禁開始打盹。

（呿，被搶走了。）岡本義雄心裡很不是滋味，近在眼前的空位竟然被身旁的上班族搶走。（才一個不留神，座位就被搶走了！誰料得到近在眼前的位子會空出來嘛。不過話說回來，這小子有必要這麼拚命搶位子嗎？還真不客氣，年輕人坐什麼坐！可惡，都沒有空位了嗎？剛才啤酒好像喝多了點，怎麼有些站不穩……。去吃到飽的燒肉店吃著吃著便開始灌啤酒，算一算也沒有多划算嘛。呼——，哪兒還有空位啊？）岡本義雄左右張望著，一邊打了個大飽嗝。

和田弘美緊握吊環，抬頭望著車廂內的懸掛海報，上頭是昨天剛上市的女性週刊廣告，其實她對這類訊息一點興趣也沒有。站在她右側的男人約莫四十歲出頭，吐息中帶著熏死人的大蒜臭味。這人應該剛吃了燒肉吧？任誰站在他身旁都會忍不住別開頭，再加上這男人從剛剛就一直打飽嗝。和田弘美決定了，等電車一靠站，她就要閃得遠遠的。

（臭死了，你這個臭老頭！）和田弘美一邊看著「試試蔬菜減肥法，妳也瘦得下來！」的廣告標語，內心一邊咒罵身旁的大蒜男。（該死，你是沒常識還是不知道自己呼出的氣有多臭？蠢到沒藥醫，去死啦！）

電車開始減速，和田弘美一個沒站穩，高跟鞋鞋跟踩上了大蒜男的腳。她不是有意的。

「啊，抱歉。」她反射性地道了歉，「您還好吧？」

「嗯嗯，不要緊的。」大蒜男笑呵呵地回道。瞬間，混著蒜味和酒臭的氣息朝和田弘美的臉襲來。

（下地獄吧！）她在心中斷吼。

「這班車總是晃得很厲害呢。」大蒜男說。

「是啊。」和田弘美回他一個親切的笑容，接著若無其事地再度望向那則女性週刊廣告，內心正不斷咒罵這個男人。

*1 私鐵：日本民營鐵路局。

電車靠站，車門打開，一些人下了車，一些人進了車廂。上車的乘客當中有位老婆婆。看到老婆婆上車，高須一夫只差沒發出「嘖」的一聲。

他坐的是博愛座。這輛電車的博愛座設於各車廂兩端，長椅寬度最多能容納六個人。他迅速瞥了一眼身旁的乘客：左邊是和他差不多年紀的中年上班族；再過去是帶著小孩的中年婦女，應該是剛採買完要返家；右邊則是一名男學生，再過去是位老先生。

（很好！）高須一夫放心了。（最應該起來讓座的就是那個學生吧？不關我的事，不關我的事！）

可是那名學生只顧低頭看漫畫。要是學生不讓座，那麼老婆婆極可能將目標移至博愛座的其他人身上。爲了防患未然，高須一夫盤起胳膊開始裝睡。

田所梅一踏進車廂便奮力撥開人群朝車廂前方走去。她很清楚，在這個時段搭電車，若想坐下來，與其碰運氣找空位，不如直接走到博愛座前方。她無視於周遭乘客面露的不快，兀自向前鑽去，終於來到博愛座前。

然而長椅上已坐滿了六名乘客。

（這些人也太沒禮貌了吧？每個都裝作沒看到我！博愛座本來就是留給老年人坐的，年輕人坐什麼坐！政府爲什麼不嚴格取締呢？苦的都是我們這一輩，日本能有現在的成就，還不是多虧了我們！政府應該要好好教育年輕人什麼叫做敬老尊賢吧？）

阿梅婆婆的視線迅速掃過一遍之後，決定站到男學生面前。本來她是想站到最前方的小孩面前的，因爲學校老師平常都會教導小孩子讓座給老年人，有機會的話，小孩子通常很樂意身體力行，而且孩子的媽很可能會叫孩子讓座。但是，要走到那個小孩前方還得繼續往前鑽，她光想就覺得累。何況那是男孩，不像女孩兒般機伶，可能沒想到該讓座；再仔細瞧，身旁的媽媽也是一臉遲鈍樣，大概是採買累壞了，臭著一張臉。阿梅婆婆經過這一連串快速盤算之後，站到了學生面前。

然而這名學生也不是省油的燈，一逕盯著漫畫誌，頭都不抬一下。只要他不抬頭，就不會發現老婦人的存在，更別說讓座了。

阿梅婆婆刻意一個踉蹌，腿頂了一下學生的膝蓋。

（抬頭吧！）她不斷地默念。（然後我就會說：「哎呀，不好意思，人老了站不穩呀。」這麼一來，你也不得不讓座了吧？）

但男學生依然不動如山，繼續埋頭看漫畫。阿梅婆婆不禁撇著嘴。

（哼！明明知道面前就站著老年人，你也曉得一抬頭就得讓座，才會死命低頭看漫畫吧！臉皮眞厚！）阿梅婆婆狠狠瞪了男學生那頭微鬈的頭髮一眼，接著視線移到旁邊那顆頭髮有些稀疏的頭顱上。（沒辦法了，轉攻這個人吧。）

高須一夫憑著老婦人些微的肢體動作，察覺出她的目標轉移到自己身上，他當場坐穩身子，緊緊闔上眼皮。原來方才婆婆與學生的微妙互動，半瞇著眼佯裝睡覺的他都看在眼裡。

（休想要我讓座給妳！）高須一夫暗自嘟囔著。（我可是辛苦工作一整天，累到快死人了。七早八早起床，擠進比這班車不知擁擠幾百倍的電車一路晃到公司，渾身虛脫還得寫報告、向那些冥頑不靈的上司會報、指示飯桶部下做事、討客戶歡心，連董事長盃高爾夫球賽的籌備都要我負責！做牛做馬，每個月拿到的卻只有那麼點薪水，還要被東扣西扣，哪買得起市區的高級房子？搞到最後只能買鄉下住宅，然後呢，住鄉下就得搭電車通勤，累上加累，根本是惡性循環嘛！這一切都怪稅扣太重了啦！我最不能接受的就是年金扣款了，繳了那麼多錢，天曉得到我老了的時候拿不拿得回來。再說，我繳納的年金都跑哪裡去了？還不都進了你們這些老太婆老頭子的口袋。我對老人已經奉獻得夠多了，爲什麼現在還要我讓座？什麼博愛座嘛！通勤尖峰時間就不要分什麼一般座、博愛座！你們這些老人也不要挑這種時間到處閒晃，想坐電車，不會在大白天沒人的時候坐啊？）

高須一夫刻意發出輕微鼾聲，滿腔的怒氣也轉移到隔壁的學生身上。他早看穿那學生根本沒在看漫畫，因爲打從老婆婆靠過來到現在，學生完全沒翻頁，想也知道，學生是想假裝看漫畫看得太入迷以避開老婆婆的攻擊。眞是卑鄙。

一如田所梅與高須一夫所料，前田典男膝上的漫畫只是拿來做做樣子罷了，不過，他的目的並非迴避跟前的老婆婆。始終低著頭的他，視線彼端是隔著走道的斜前方座位，那兒坐著一名年輕女子，看上去不像是ＯＬ，應該是大學生或是專科生吧，不過這不重要，前田典男在意的是她的下半身。女子穿著黑色緊身迷你裙，重點是她蹺著腿，迷你裙更是往上滑，露出了一大截大腿，前田典男聚精會神盯著的，正是那雙玉腿交疊的部分。

（坐這位子眞是賺到了。）他竊笑著。（她會不會左腿蹺酸了換蹺右腿啊？那樣說不定就看得到嘍。嘿嘿嘿，嘿嘿嘿嘿嘿……）

然而，他的幸福並不長久。一名乘客進來車廂，正巧站到他和女子之間，女子的下半身被那名乘客拎著的公事包擋個正著。

（啊，可惡，快走開啦！這位大叔，不然你的公事包挪開一些也好，快點啦！）

那名乘客當然不可能聽見前田典男內心的吶喊，卻不知怎的眞的走了開來。前田典男雀躍不已，但很快便被潑了盆冷水，因爲他發現在公事包擋住的那幾秒之間，女子放下蹺著的腿，雙腿併攏，還將皮包放在膝上避免走光。前田典男不禁「嘖」了一聲。

中倉亞希美緊握膝上皮包的手環帶，狠狠瞪向左斜前方一身灰色西裝的男人，那人是四十來歲的上班族，正攤開經濟時報在看。

（這種人居然是一流企業的職員！）

她早知道坐在右斜前方博愛座的學生假裝看著漫畫誌，其實不時偷瞄她的大腿。這種事她遇多了，她的態度是，要是一一在意這些視線，還穿什麼迷你裙。在這方面她算是開放的，有時還會故意變換雙腿姿勢，一邊觀察對方的眼神變化取樂。

但是坐在左斜前方的那個男人卻令她感到厭惡不堪。那人一直裝出一臉正經讀著經濟時報，視線卻宛如細舔般一路從亞希美的臉、胸部、腰、雙腿偷瞄下來，而且目光掃過她裸露的大腿時，還刻意放慢移動速度。他的眼神含有這年紀男人特有的下流，所有年輕女性在他們眼中都是洩慾的對象。

（哼，一副道貌岸然的模樣，你這個色老頭！這麼想看就來求我啊！有種就大聲說「求求妳讓我看看妳的裙內春光」、「請讓我看妳的內褲」。哼，鬼才讓你看咧！）

亞希美站了起來，從置物架拿下紙袋放到膝前。

瞥到那名年輕女子將紙袋放到腿前方，佐藤敏之暗自皺了皺眉。

（幹嘛幹嘛？放什麼紙袋啊？啊？還瞪我，什麼意思？我又沒做什麼。）他大剌剌地翻到報紙下一頁，發出沙沙沙的聲響，不過他的心思根本不在報紙上。（現在是在怪我偷看妳的裙內春光嗎？我、我、我才沒幹那種事呢！好啦，我承認我的確瞄了一眼，不過只是這樣而已，大家都在瞄啊！像那邊那個男的、那個男的、還有這個男的，大家一定都瞄了，既然如此，爲什麼只瞪我一個？）沙沙沙……沙沙沙……（說到底，妳自己要穿那麼短的迷你裙還怕被看，有沒有搞錯。妳們這些愛穿迷你裙的女人一定很想被男人看，根本就是暴露狂。既然這樣，幹嘛不大大方方地露出來呢？那、那樣要露不露的算什麼，有種就直接把大腿露出來給大家看啊，反、反正我看妳早就破處了吧，肯定不是處女，不知道和多少男人玩過了。看看妳那身體，那胸部、那腰、那臀，一定是搞男人搞到沒日沒夜啦！現在年輕女人都這樣，隨隨便便就跟人上床。咕，和我們年輕時差太多了。現在年輕人真好命，那樣的女人兩、三下就到手了。可惡，可惡！也讓我搞一下年輕肉體吧……）沙沙沙……沙沙沙……

（煩死了，你這臭老頭。）隔壁這位中年大叔頻頻翻報紙，惹得山本達三煩躁不已。失業中的他跑去賭自行車賽輸得一塌糊塗，正在回家的路上。這種時候，身旁翻著經濟時報的上班族的一舉一動只是再再刺激著他。

（你是故意的吧？你是想讓所有人都知道你是精明能幹的白領階級吧？我早就看透了！反正在你們這些混帳的眼裡，我們看起來跟垃圾沒兩樣吧！）

山本達三從褲子後口袋抽出報紙，那是他上車前從垃圾箱撿來的體育日報。他刻意嘩啦嘩啦地翻開娛樂版，想對鄰座的男人還以顏色。

葛西幸子看到鄰座的勞工男子翻開體育日報，不自覺緊蹙眉頭。男子的視線停在一張年輕女子的彩色裸照上，那似乎是一篇關於風化場所的介紹報導，照片中的女子揉著胸部，露出一臉陶醉。

（下流！）葛西幸子移開視線，撇著嘴推了推眼鏡。（這個社會就是太放任這樣的男人，女性的地位才一直無法提升，職場上的性騷擾也絲毫沒減少啊！每到年底就有廠商送裸女寫眞月曆來，而那些愚蠢的男職員也爲此雀躍不已。公司付給那些蠢男人優渥的薪水，對我們女性卻一個子兒也不肯加上去。我的工作能力明明比他們強多了，只因爲身爲女性就得受到這種不公平待遇。今天那個飯桶課長又提起我沒結婚的事，講得拐彎抹角的，根本是在暗指我沒人要，還說什麼「女人是不是過了三十歲就會失去對結婚的憧憬啊」，當我是白痴啊？什麼憧憬，無聊！結婚只會妨礙我的工作！）

電車又靠站了，一些新的乘客上來。葛西幸子看到站過來面前的女人，內心不禁嘆了口氣，因爲女人一身孕婦裝。

（爲什麼孕婦會在這種時間上車？用點腦袋想想就知道車上一定很擠吧！妳不知道這樣會造成大家的不便嗎？喔，我懂了。這位太太一定是每天待在家裡不愁吃穿、好吃好睡的，才會這麼沒常識。仰賴男人過日子就是這樣啦，眞討厭。）

葛西幸子站了起來，對孕婦微微一笑說道：「請坐。」

「哎呀，這怎麼好意思呢。您坐就好。」孕婦輕揮了揮手。

「別客氣，我馬上要下車了。」

「這樣啊，眞是不好意思。」孕婦點頭致謝，坐到位子上。

（哼，居然一臉理所當然地坐下去了，好像懷孕多偉大似的，不過是做愛的結果吧，豬狗都辦得到啊！）葛西幸子將視線從孕婦身上移開。

西田清美知道投在自己身上的視線並非全是善意的。

（我也是不得已的嘛！）她心想。（孕婦也有事情得處理，有時也不得不搭上這個時段的電車啊，我也不想挺著這麼個大肚子出門，多累啊。幸好有人讓座，不過這也是理所當然的，我可是身負偉大的使命呢！有個新生命正在我的腹中孕育，我那崇高的精神，這位女士應該也感受到了吧？）西田清美微微挪了挪臀部。（不過這位子還眞擠，怎麼沒人站起來讓位置空一點，坐起來才舒適啊。眞是不機伶，沒看到我大腹便便的嗎？大家應該多體恤孕婦吧？討厭，怎麼沒人站出來說句話嘛。）

阿部菊惠和那名孕婦同樣是方才搶著衝進車廂的乘客，卻到現在還沒找到位子。她抓著吊環，不停張望四下。

（唉，可惡，怎麼都沒位子啊？那個孕婦滿厲害的，知道要站在有可能讓座的女性面前。要是我，才不會讓座給妳咧。妳看起來哪裡像孕婦？只是中年婦女的發福吧。討厭，東西好重喔，到底是什麼重成這樣啊？對喔，今天買了米，有五公斤呢，還眞重。要命，都沒人要離座嗎？啊，那個小男孩好像要下車了，是下一站吧？）

距離菊惠三公尺遠的座位，一名像是剛補完習要回家的小學生站了起來。

「不好意思、不好意思，借過一下。」她一邊以購物袋撞開周遭乘客，奮力朝目標前進。有人不快地「嘖」了一聲，但她毫不在意。終於抵達目的地了，小男生空出的位子空間僅有二十幾公分寬，不過她不介意，現在最重要的是搶到座位。

而想當然耳，製造出這僅僅二十多公分空間的，就是兩旁的乘客。一位是ＯＬ藤本就子，另一位則是上班族市原啓介。這兩人看到一名胖大嬸來勢洶洶地朝著身旁的空位衝來，不約而同盤算起同樣的事——

（哇，她該不會想坐這裡吧？）

（救人喔，那個大屁股怎麼可能坐得下啊？）

（別亂來啊！哇！來了，她眞的想坐這裡啊！）

（看她滿臉堆笑……。啊，屁股湊過來了。這屁股也太大了吧？不可能啦！絕對坐不下的！）

阿部菊惠的臀寬少說有五十公分，想塞進這二十公分寬的空間，勢必得擠開三十公分的空間，於是菊惠的屁股就這麼將兩旁乘客各擠開了十五公分。市原啓介的身旁還有別的乘客，多少能挪一下，慘的是坐在座席末端的藤本就子，這下她硬生生被擠在阿部菊惠的臀部和扶桿之間。藤本就子忍不住站了起來，低頭瞪向這位大嬸，還以爲至少能聽到一聲「抱歉」，錯啦，這位大嬸只是樂得挪了挪臀部，將購物袋放上那僅剩的狹小空間裡。這人豈止毫無歉意，根本是厚顏無恥到極點。

（臭老太婆！）藤本就子瞪向阿部菊惠，露骨地撢了撢方才被大嬸屁股壓到的外套。

（女人要是墮落成這樣就完蛋了！臉皮厚得要命，完全沒察覺自己給別人添了多少麻煩。打扮又寒酸，頭髮也是亂七八糟的阿嬤燙，化妝？不化妝還比較不嚇人吧。最慘的是，怎麼會發福成這副德性啊？好討厭，我以後上了年紀絕對不要變成她那樣！）

阿部菊惠並不是沒注意到藤本就子的視線。

（這女人是怎樣？瞪什麼瞪啊？哼，你們年輕人根本不懂，女人一上了年紀，各方面都很辛苦的。既沒有男人對自己獻殷勤，做家事累得要命，口袋又沒錢，上了電車哪還顧得了什麼面子一路站到底。哼，妳們不久就會明白了，反正妳最後還是會變成我這樣的啦。）

（才不會！我絕對不會變成妳那樣！）

（會的會的，沒人逃得過的啦！妳也一樣，每——個人都有這一天的！）

兩人之間迸發著看不見的火花，不過當然沒人注意到。

「媽媽，我想坐下來啦——」福島保那幼童特有的高亢嗓音，讓車內的緊繃氣氛更是高張。

「好好好，等一下喔，媽媽看看哪裡有空位呢……？哎呀呀，小保，好像都沒有空位耶——」福島保的母親洋子環視一圈後遺憾地說道。

這對母子是在前一站上車的，兩人穿著胸口畫有大象圖案的同款運動上衣，同樣穿著牛仔褲。

「不管啦，我要坐下來啦——」福島保重重踱著腳耍賴，接著蹲了下去。「我要坐啦——，媽媽，人家想坐下來嘛——」

「哎呀，小保，不可以這樣，坐這裡屁屁會髒髒喔。哇，你看，看得到外面的風景耶！」洋子拉起兒子帶到車門邊，一邊朝兩旁座位上來回掃視尋找空位。

（沒有人要站起來讓座嗎？這孩子都說得這麼清楚了，這麼可愛的孩子說他想坐下來，爲什麼沒人願意把位子讓出來呢？讓一下又不會怎樣，眞無情！）

「哇——」福島保放聲大叫。「人家想坐下來啦——，我好累喔——」

「噓噓噓——」洋子將食指立在脣前。「小聲一點嘛。你看，大家都很安靜呀，對吧？乖哦——」周遭的視線逼得她不得不念了兒子一下做交代，不過她壓根不覺得兒子的行爲有何不妥。

（什麼嘛！幹嘛啦！小朋友不過聲音稍微大了點兒，有必要擺出那種臉色嗎？他年紀還小，有什麼辦法嘛？我們家小保可是很纖細的，和其他小孩完全不同。你們看看，他這臉蛋多可愛，看了這張臉，誰還氣得起來嘛。下次我要幫他報名兒童模特兒的試鏡，小保長得這麼可愛，一定會入選的，然後迅速竄紅成爲知名童星，讓每個人刮目相看！到時候誰還和你們搭這種爛電車啊。）

「我想坐下，我想坐下，我想坐下，我想坐下！噫——」福島保開始怪叫。

（眞想掐死這小鬼。）看著報告書的濱村精一抬起頭，瞪向一旁大吵大鬧的小孩。他會連搭電車的時間也埋頭看資料，是因爲他必須趕在明天會議前將手上這份報告徹底熟讀才行。但這對笨母子上車後，他完全靜不下心來，報告內容一個字也進不到腦子裡。

「小朋友，你想坐這裡嗎？」濱村對福島保開口了。福島保看了看濱村，接著抬頭看向母親，扭扭捏捏的。

「哎呀，這怎麼好意思。」洋子邊說邊將小孩推向座位。「那我們就坐這兒嘍。」她溫柔地對著兒子說道。

濱村一站起來，福島保立刻像隻猴子似地迅速爬上座位，面朝車窗跪在位子上。

「哎呀，不可以這樣，把鞋子脫了吧。」洋子幫孩子脫下鞋子。

「妳兒子好可愛喔。」濱村語帶諷刺地說道。（哪裡可愛啊？跟隻猴子沒兩樣。笨媽媽生笨兒子，手牽手去死吧！）

「哪裡哪裡。」福島洋子不由得沾沾自喜了起來。（對吧？很可愛吧？多稱讚點啊！）

然而洋子的期待落空了。濱村沒再吭聲，轉身便走開了。

藤本就子心想：「蠢透了，就是那種蠢女人，要不了多久就會像吹氣球似地整個人胖得不像樣，變得和這個不要臉的大嬸一樣，粗神經！遲鈍！社會邊緣人！」

阿部菊惠心想：「妳這女的，又在瞪我了！哼，盡量瞪吧，家庭主婦可是很辛苦的。妳看看那個年輕媽媽，才帶一個小鬼就手忙腳亂。妳過不久就會懂的啦！」

西田清美心想：「眞是看不下去，那個當媽媽的行不行啊？我絕對不要變成那樣子。還有那小鬼，哪裡可愛了！要是我生出那種小孩該怎麼辦？……不，絕對不可能的，這可是我和心愛男人的孩子啊。話說回來，這位子好擠喔，都沒人想到禮讓我一下嗎？」

葛西幸子心想：「為什麼總是有這麼多女的要扯自己人後腿呢？那個媽媽也好，這個孕婦也罷，妳們有沒有想過『女性獨立』這件事！唉，好討厭，就是因爲妳們這樣，女人才會被男人瞧不起！啊，那個男的又在看體育報的下流報導了，這些男人的腦袋到底都裝些什麼嘛！」

山本達三心想：「隔壁大叔又在嘩啦嘩啦地翻經濟日報了，煩不煩啊！抹那什麼髮油，臭死了，稍微替別人想想好嗎！」

佐藤敏之心想：「對面的小妞又在瞪我了。我做了什麼嗎？我什麼都沒做啊！我只是眼角餘光稍微瞄到胸部一帶、看了一眼那雙峰罷了，這樣很過分嗎？妳自己還不是和一堆男人上……上、上、上床，想怎樣就怎樣，只要有錢可賺就人盡可夫！我不過是在電車裡稍微瞄到一眼，哪裡犯著妳了？妳說啊！」

中倉亞希美心想：「色老頭，你到底要盯著我到什麼時候？一副腦滿腸肥的死樣子，我都快吐了！啊，那個臭學生也還在看我，怎麼這麼下流啊？」

前田典男心想：「好想看……好想看喔。藏在那個大姊姊的迷你裙下的小褲褲，只要讓我看一眼就好……」

高須一夫心想：「妳這個老太婆夠了沒？快移去別的地方啦！休想要我讓座，我會一直坐到下車那一刻的。我可是賣力工作累到快癱的，支撐現今日本的無名英雄在電車裡稍事休息，有什麼不對？上了年紀的米蟲就乖乖待在家裡，不要出來妨礙前線的經濟推手！」

田所梅心想：「這些傢伙全是人渣！老人家就站在面前，居然沒人想到讓座。哼，要比耐力是吧，我絕對會站到你們讓座爲止！」

和田弘美心想：「啊──，我快受不了了，好不容易大蒜老頭走了，又來了個菸槍老頭。你身上的菸臭味也太重了吧？早點得肺癌死掉算了！」

岡本義雄心想：「可惡！怎麼完全沒空位啊，搞什麼嘛！」

電車再度靠站，車內廣播報出站名。

原本在打盹的河原宏，在車門即將關上的前一刻突地醒來奔下電車。眞是好險。

「呼，安全上壘！」他正要往出口走去，發現公事包裡傳來「咻──咻──」的聲響。他嚇了一跳，連忙打開公事包。裡面是兩罐小型瓦斯，其中一罐的防漏活門不知何時鬆開，瓦斯都漏出來了。他暗呼不妙。

這是警察廳（*1）委託他們公司製造的自白瓦斯，吸入瓦斯的人，都會忍不住把所思所想全說出來。

他看向手表。吸入瓦斯後，得經過一段時間才會見效，他回想搭上電車的時間，算一算瓦斯的作用差不多要開始生效了。

（算了，反正電車內的乘客互不相識，況且大家心裡應該沒什麼忍著沒說的話吧？）

他望著鐵軌的彼端。

方才他搭乘的那班電車已經看不見蹤影了。

*1 警察廳：日本職掌警察之整備、犯罪鑑識、犯罪統計等事務的指揮，監督各都道府縣警察的行政機關。

追星婆婆

歌謠秀正邁向高潮。

杉平健太郎一身金光閃閃的西裝，唱著他最膾炙人口的名曲〈雨戀音頭〉（*1），慢慢走出來舞臺中央，一個側身便朝觀眾席送秋波，所有觀眾開始跟著打拍子。

勝田滋子張大了嘴直盯著舞臺，完全陶醉在現場氣氛中。

就在這時，滋子鄰座的老婦人突然站起來，迅速從腳邊的袋子取出花束，以驚人的速度衝下觀眾席階梯。仔細一看，還有數名女性觀眾也同樣朝階梯下方的舞臺衝去。

她們全圍到舞臺前方，每個人都拿著花束或紙袋，爭先恐後地將手上的禮物獻給杉平健太郎。

那名滋子鄰座的婦人，正奮力伸長右手遞出花束，推擠中還壓到身旁大嬸的頭。看到這幅情景，滋子不禁聯想到拚命朝母燕伸出喙討食物的乳燕。

拿著麥克風的杉平走到她們面前，首先收下的便是那位婦人遞出的花束，接著以拿麥克風的手揣著花束，空著的手則伸向婦人。滋子即使人在觀眾席上，也清楚看得見婦人握住杉平的手時，那欣喜若狂的模樣。

杉平接著彎下腰，彬彬有禮地與其他歌迷一一握手，每個和他握到手的都露出死而無憾的神情，心滿意足地走回座位。

鄰座婦人也回座了。即使燈光昏暗，滋子仍清楚看得見婦人羞紅的雙頰。

〈雨戀音頭〉唱完，杉平向觀眾致謝後，幕放了下來，但當然，表演尚未結束。觀眾的安可掌聲不絕於耳，終於幕再度拉起，杉平一登場，觀眾席更是掌聲雷動。

杉平唱了兩首安可曲，這才眞正結束了今晚的表演。

滋子隨著散場人潮走出劇場，腦袋依舊矇矇矓矓的，迎面吹來的涼風倍感舒適。她朝車站方向踏出步子，突地回頭再次望向劇場的招牌。「杉平健太郎特別公演」字樣旁是一身義俠裝扮的杉平帶著笑容的宣傳照，這是他在歌謠秀之前演出戲劇《浪人戀慕情》的扮相。

杉平那溫柔的眼神彷彿正凝視著自己，滋子不禁心頭一熱。

幾天前，滋子在公寓前遇到鄰居太太。

「這是賣報的送的，我們家沒人要去。勝田太太，送妳好嗎？」鄰居太太說著從圍裙口袋掏出一張入場券。滋子與這位家庭主婦其實沒什麼交情，不過即使是愛搞小團體的主婦，可能也覺得拿免費票做個順水人情無妨吧。

*1 「音頭」爲日本傳統民謠樂曲形式的一支，首先由獨唱者起音，大家緊接著唱和同樂，常出現於盂蘭盆會等祭典的舞蹈中，在日本各地都有獨具地方風情的音頭樂曲，演變至現代成爲演歌歌謠的一類。

入場券上印著「杉平健太郎特別公演」的字樣。

「喔，是杉平健太郎呀？」

「妳要是沒興趣，送人或丟了都無所謂嘍。」

「這樣啊，那我就收下了，謝……」滋子話還沒說完，鄰居太太已經轉身離開了。

滋子再度看著手上的入場券。她曉得杉平健太郎這號演員，也耳聞他的戲迷都是些中高年齡層的師奶，最好的證明就是，滋子在醫院裡遇到的老婆婆當中，就有好幾位是杉平的超級戲迷。然而滋子聽著她們的熱烈討論，內心只是嗤之以鼻。不過是個演員，幹嘛迷成那樣？傻瓜才會花銀兩在追星上頭。

而現在她手上拿的，正是那位杉平健太郎的公演入場券。

滋子盤算著。平常的她，應該會立刻轉手賣給熟人，賣個兩千圓估計不是問題。

但她卻突然心血來潮，覺得偶爾看看這種表演也不賴。當然她並沒有任何期待，只是想消磨一下時間，於是來到了劇場。

然而……

近距離見到的杉平健太郎實在是太迷人了，演起戲來威風凜凜，歌起唱來含情脈脈，言詞談吐又相當開朗。

（世上居然有這麼讚的男人！）

那一晚，滋子興奮得無法成眠。

隔天早上六點，滋子一睜開眼，手立刻伸向枕邊的小冊子，那是昨晚的演出簡介，一身浪人扮相的杉平健太郎正爽朗地笑著。光是這麼望著照片，似乎又喚醒了昨晚的興奮之情。

（那齣戲眞是太好看了！還有那首歌……）

滋子心想，好想再去一次啊！簡介上印著此次公演共三天，也就是說，還有今天和明天。

但當然，沒有免費入場券了。要看演出的話，只能從生活費裡拿出幾千圓來買門票，一想到這，滋子的胃便隱隱作痛。

勝田滋子在鄰居老人之間是出了名的小氣，加上大阪出身的她一口改不掉的關西腔，更是給人愛斤斤計較的印象。不過滋子確實過得極度節儉，她不講究衣著，只吃粗茶淡飯，不訂報紙，沒有電視，連收音機都沒有。

滋子無依無靠，自從長年看護的年邁丈夫於前年撒手人寰，她一直獨居至今。目前每個月的收入只有少得可憐的老人年金，丈夫留下來的存款和壽險就是她唯一的支柱，因此她的生存信條就是──錢要花在刀口上。

滋子又看向簡介，杉平健太郎依然溫柔地對滋子投以爽朗的微笑。

（不行！再看下去會害死我啦！我可沒閒錢去看那種東西。）

她將簡介塞進棉被裡，打算從此忘了杉平健太郎。

然而……

這天午後，滋子又來到劇場前。離開演還有一段時間，她猶豫著要不要進去。當她在那兒來回踱步時，買了票的觀眾陸陸續續走進劇場，她覺得每個人看上去都是一臉幸福。

一名老婦人走到售票口前，從布提袋裡拿出錢包。

「請問還有當日券嗎？」老婦人問道。票口小姐說了些什麼，老婦人微微點頭說：

「嗯，有位子就好，坐哪裡都無所謂。」

老婦人付錢後，拿著入場券朝劇場入口走去。

（對耶，再拖下去，搞不好票會賣光的……）

滋子焦急了起來，她知道沒時間東想西想了。

回過神時，她已經站在售票口前打開了錢包，拿出數張千圓大鈔的右手微微顫抖。

但是，當杉平健太郎一登場，滋子頓時將錢的事拋到九霄雲外。杉平健太郎眞是太迷人、太爽朗、太帥氣了！即便和昨天是同一齣戲碼，唱的也是昨天那幾首歌，滋子卻感受到更勝昨日的感動，也更加興奮。她激動地跟著打拍子，手掌都拍紅了；到了安可曲時間，她依然比任何人都奮力鼓掌。

（啊——，眞是太好了！杉平健太郎太讚啦！這麼好的男人，看幾遍都不厭倦！）

和昨晚一樣，滋子品嘗著興奮過後的餘韻走在回家路上，但當她走進超市打算買晚餐的配菜，一打開錢包，旋即被拉回了現實。

（糟了……）

絕望感襲來，她知道自己花了不該花的錢。

這天，滋子什麼都沒買便走出了超市，晚餐只有味噌湯和醬菜。她對自己說，我眞的、眞的要將杉平健太郎忘得一乾二淨。

這股決心持續到了隔天中午。

不，應該說，「只」持續到隔天中午。到了下午，她開始坐也不是站也不是。

一想到杉平健太郎的表演即將開始，她怎麼都靜不下心來。心中一道聲音慫恿著：「現在出門還來得及！快點！」另一道聲音又強壓下欲望：「不可以做傻事！不能爲了那種事亂花錢！快忘了什麼杉平健太郎！」

她完全心不在焉，洗著碗盤時，竟不自覺停下手，水龍頭也沒關。回過神時，發現浪費了那麼多水費，懊悔不已。

內心一番天人交戰之後，滋子又來到了劇場前，但是她在心中不斷對自己說：

「今天是最後一次！眞的不能再看了。反正公演只到今天，以後想看也看不到。今天就當作是好好來做個了斷，豁出去一次給它看個夠！」

但她在買票時，還是心疼得不得了。這些錢要是拿去花在吃的上頭，不曉得能吃多少好料呢……

即便如此，她一看到舞臺上的杉平健太郎，旋即忘了這檔事，就這麼渾然忘我地度過了一段如夢似幻的美好時光。

而當滋子回到住處附近，懊悔的風暴瞬間席捲了她的心。因爲她今天不只看了表演，走出劇場時，還一時衝動買了杉平健太郎的簽名海報。以前的她看到這種東西，一定會氣呼呼地罵說不過是一張紙，憑什麼賣這麼貴。但現在她一看到海報上杉平健太郎的臉龐，剎時像是被下了催眠術，乖乖地打開了錢包。

（算了，反正今天是最後一次了，就當是紀念吧。）

這天晚上滋子的晚飯配菜，只有一道醬菜。

癮頭在一星期後便發作了。

不，該說「虧她能撐得了一星期」，這都要歸功於前述那張海報。滋子成天望著牆上的海報，有時傻笑，有時對著它說話，多少滿足了她想見杉平健太郎的欲望。

但畢竟只是一張海報，滋子撐不過一星期，開始渴望親眼見到那歌聲好、能言善道且武打功夫了得的杉平健太郎。

滋子前往附近公園的次數增多了，因爲要去撿垃圾桶的報紙來看。當然，她對新聞報導毫無興趣，她想看的是演唱會或表演的宣傳廣告，而這些東西她從前看都不看一眼的。

持續前往公園的第五個早上，滋子終於發現了情報——下週起，杉平健太郎將在鄰縣K市舉行公演，廣告上還寫著「門票好評發售中」。

（K市啊……，原來杉平健太郎要去K市表演呢……）

前往K市單程需要一小時半，不算太遠；這次公演和上次一樣爲期三天。

滋子無法遏抑想去看公演的欲望，雖然票價令她喘不過氣，她決定不去想錢的事了。她撕下報上刊有訊息的部分，打道回府。

隔週，滋子還是連著三天都跑去K市。一想到能親眼見到杉平健太郎，一小時半的路程根本不算什麼。此時的滋子又下了另一個決心，她決定從今以後不再爲入場券的費用掙扎了，因爲她已深刻體會到，看不到杉平健太郎的公演簡直比死還難受。

（坐B區就不會花太多錢，其他的生活支出，用剩下的錢就好啦。）

滋子決定了，想見杉平健太郎的時候就去見吧。

但是，仔細想想，她根本無時無刻不想見他。只要是能夠當天來回的公演，滋子從不缺席，還曾經連續一星期通車去看表演。那段期間她的晚餐只有醬油清湯烏龍麵。一般來說，持續這樣的飲食，身子肯定受不了，但是多虧了「只要能見到杉帥，我什麼都能忍！」的氣魄，滋子總算是撐了過來。

這樣每日通車朝聖下來，有一天，杉平影友會的女會員找上了她。這位女士年紀與滋子不相上下，但穿著的格調卻與滋子天差地遠。不用說，打扮較出色的是對方。

女士說她常見到滋子出現在公演會場，心想應該是同好，所以想邀她加入影友會。

「入會後就能拿到會報，上頭刊有杉帥的所有公演行程，而且會員買入場劵還有折扣，另外呢……」女士壓低聲音說道：「表演結束後，我們還能到後臺和杉帥說話呢。」

「和杉帥說話!?」

滋子瞪大了眼，她做夢都沒想到有可能和杉帥說到話。

「我加入！我要加入！請務必讓我加入！」

就這樣，滋子加入了影友會，迎接成爲會員後的第一場公演。演出結束後，她和幾位會員一同來到後臺，杉平健太郎就活生生地站在她們面前。

「眞是謝謝妳們，今後也請繼續支持。」

杉平說著開始逐一與每位會員握手，滋子的雙腿不住地發抖——杉帥就在她眼前！就在她伸手可及之處！

杉平也握了滋子的手，一邊說道：「今後也請多多支持哦。」

滋子感覺血液宛如火山爆發般衝到臉上，全身倏地發熱。「一定……一定支持。」她的聲音細如蚊聲，彷彿回到了少女時代。

接下來的事，她記不太清楚了，回過神時，她已經回到了住處。臉頰依然熱呼呼的，耳際仍殘留著杉帥的聲音：「今後也請多多支持哦——」

然而，隨著情緒逐漸冷靜，滋子的心情愈來愈沉重。她望著玻璃窗上映出的自己。

（我怎麼看起來這麼寒酸？頭髮亂七八糟，也沒有好好化妝。杉帥一定覺得我是個窮酸的老太婆吧？）

她已經好幾年沒買新衣服了，和服、鞋子與首飾全是舊的，她一直以爲自己再也不需要把錢花在這些東西上頭。

但是一想到今後或許還會和杉帥見面，她覺得不能這麼寒酸，至少，不能輸給其他會員。

隔天，滋子去銀行領了少許存款出來，跑了趟美容院，還去了美容院推薦的高級婦女服飾店添購新衣。回到住處時，她兩手提滿了紙袋，而從銀行領出來的錢則一毛不剩。

滋子加入影友會的三個月來，一共訂做了三套套裝、兩套和服，買了十多雙新鞋子。她現在每個月都會上美容院，化妝品的數量暴增，還買了座全新的梳妝檯。

支撐滋子生活支出的銀行存款眼看愈來愈少，滋子望著金額日漸減少的存摺，痛苦歸痛苦，不可思議的是，她花錢時出手可大方了。只要是爲了杉帥，不管需要拿出十萬、二十萬，她都不覺得心疼。

而當中讓滋子的荷包大大失血的，就是首飾。她過了好一陣子才發現，其他影友會會員每次和杉平健太郎見面時，都會戴上不同的首飾。

「因爲呀，要是和杉帥握手時，被他看到我老是戴著同樣的戒指，不是很丟人嗎？」某位會員解釋道。

對於沒買過什麼高級飾品的滋子來說，這根本是難以想像的細膩心思。但聽了別人這麼說，她的內心也開始蠢蠢欲動。光添購新衣服、新和服，卻獨獨漏了首飾，好像眞的不太稱頭。

於是，滋子決定前往金飾店。當然，她又從銀行提出了一筆存款，而這筆金額遠遠高於治裝費與餐費。

（不行，再這樣下去我會破產的。）

滋子一看到存款餘額就會陷入憂鬱，但想見杉帥的心情卻是愈來愈強烈。現在只要哪兒有杉平健太郎的公演，她都會千里相隨，即使要全國走透透都無所謂。當然，會場距離一遠就必須投宿，看公演的費用也愈來愈驚人。但也多虧她這麼熱中看表演，最近杉平健太郎似乎認得她了。每次到了後臺，他都會對滋子說：「謝謝妳總是這麼支持我。」只要聽到這一句話，巨額花費帶給滋子的憂鬱頓時煙消雲散。杉帥心中有我耶！——每當想到這點，滋子就快樂得彷彿上了天堂。

（錢算什麼？有再多錢，不拿出來花，還不是跟沒錢一樣？反正存摺又不能帶去黃泉，只要錢是花在杉帥身上，我在活著的時候就能嘗到上天堂的滋味了。）

爲了杉平健太郎，滋子不管什麼苦都忍下來。她能省則省，生活費的開銷更是錙銖必較，而且一天只吃兩餐，淨是些粗茶淡飯。

參加遠方的公演時，滋子也是煞費苦心。若和影友會的會員同行，她們肯定是搭新幹線、住豪華旅館。所以滋子總是和她們約在當地會合，再獨自搭夜間巴士前往；下榻處也光挑便宜旅社，天氣好時，還曾睡在車站候車室。

衣著方面，滋子則是堅守只買特價品的原則。不過，爲了買到能夠穿到杉帥面前亮相的衣裝，她在選購時可是睜大了眼精挑細選，跑遍各家百貨公司也是常有的事。

首飾的部分，滋子的策略是重複使用同一塊貴金屬改製以壓低成本，這麼一來，昨天還是戒指的飾品，今天則成了胸針，一個月後又成爲墜子。

「爲什麼您需要這麼頻繁地改製首飾呢？」

首飾店老闆一臉訝異地詢問滋子，但她沒說出眞相。

滋子成爲杉平健太郎的影迷已經兩年了，今年是她的七十大壽。

這天，她一如往常地一早就對著梳妝檯上妝，因爲傍晚在鎭上的縣民中心即將舉辦杉平健太郎的獨唱會。而且最重要的是，她今天打算在臺前獻花給杉帥，這是從未有過的體驗，她心頭不禁小鹿亂撞。

爲今天特別準備的套裝好好地掛在牆上，項鍊與戒指都是添購的新品，昨天還去了美容院，鞋子是全新的，老花眼鏡也換了鏡片，接下來只要上好妝就一切完美了。

滋子爲了遮住皺紋，往臉上塗了厚厚的粉底，畫上鮮紅的口紅，抹上濃濃的眼影。這兩年下來，她的妝容愈來愈恐怖，但她自己完全沒發覺。與其說她想透過化妝讓自己變得更美，不如說她一心一意只想掩飾自己的龍鍾老態。

滋子在梳妝檯前坐了將近兩小時，她也沒察覺自己的化妝時間愈來愈長。

好不容易化好妝後，她想最後仔細確認一遍全身的裝扮，起身正想換上套裝。

就在這瞬間，一陣頭暈目眩襲來。滋子眼前一片黑暗，腦中天旋地轉，分不清東南西北。才聽到「咚」的一聲，整個人已經倒在榻榻米上了。

（哇——！這陣暈眩也太強了吧……）

滋子還打算起身，身體卻動彈不得，就這麼失去了意識。

發現勝田滋子倒地不起的，是公寓的房東。滋子樓下住戶聽到了巨響，通知房東前來查看；房東拿出備鑰進入她的住處。

房東是個個性畏縮的中年男人，他發現滋子時，嚇得雙腿發軟——因爲他看到滋子的臉，還以爲這人得了什麼怪病死在家裡，加上她瘦得宛如木乃伊，看上去更是驚悚。房東花了十多秒才明白滋子那副嚇人的尊容是濃妝惹的禍，自己的褲檔卻早溼了一塊。

滋子沒死，只是昏了過去。房東急忙叫來附近診所的醫師；醫師一看到滋子，也嚇了一大跳。

「她是營養失調。」醫師量著滋子的脈搏說道：「她現在很虛弱，應該已經好一陣子沒有好好進食了吧。」

「看來被您說中了。」房東看向流理臺前方，那兒放了一包塑膠袋，裡頭裝著滿滿的吐司邊，應該是滋子去向麵包店要來的。

「她不缺錢吧？」醫師問。

「嗯，我想應該不缺吧。」房東環視室內，點了點頭。

先前忙著照料滋子，房東與醫師一時間都沒注意到這房間本身就很詭異。放眼所見，牆上貼滿了海報與月曆，不曉得滋子是怎麼辦到的，連天花板都貼滿了，而這些海報的主角都是同一人。

「沒想到婆婆有這樣的嗜好啊。」

其實，房東也聽說勝田婆婆最近常打扮得花枝招展出門，他還笑說大概是在老人會裡遇到合意的老爺爺了吧，沒想到她竟是迷上了杉平健太郎。

「總之，不能放著她不管，得盡快讓她住院才行。」醫師說。

「那我去找人來開車載她去醫院。」

「嗯，麻煩你了。我先回醫院去，請盡快帶她過來。」

房東和醫師一同步出滋子家。

直到兩人的腳步聲遠去，滋子才睜開眼。

（這下糟了。）

她轉過身子看著鬧鐘，時間剛過下午四點。

（要命！快趕不上獨唱會了！）

要是繼續躺在這兒，一定會被帶去醫院，這麼一來就無法去獨唱會，也見不到杉帥了。

滋子使盡吃奶力氣爬了起來，連同衣架一把抓起套裝，將包包挾在腋下，穿上新鞋走出房門。頭還很暈，她跌跌撞撞地離開了住處，幸好沒被房東發現，但路人都以異樣的眼光看她。

實在是沒力氣走到車站搭電車了，滋子決定招計程車。自從丈夫過世，這還是她頭一回招車，卻沒有車子願意停下來載她，每個司機都視而不見地直接駛過她身邊。好一段時間招不到車，滋子還以爲是不是現代人招車的方式改變了。她做夢也沒想到，計程車司機會嚇得敬而遠之，都是因爲她的模樣太過詭異。

不過，還是有好奇心旺盛的司機。不知目送第幾輛計程車遠去後，終於有輛計程車停在滋子面前。

「請問您要去哪裡？」司機問道。

「去杉帥那裡。」滋子回答。

「咦？哪裡？」

「去找杉帥！還用問嗎？當然是在縣民中心啊！快點啦！」滋子急得破口大罵。

路況不算壅塞，計程車順利朝縣民中心前進，但滋子還是一路心神不寧，一個原因是擔心趕不上開演，另一個原因則是不曉得要花多少車資。計費器每跳一次表，她的心臟也跟著抽一下。

車子來到離縣民中心不遠處，滋子要司機讓她下車。她擔心車資再狂飆下去，恐怕會付不出來，而且她還必須先找個地方換上套裝才行。

她來到一條大樓間的小巷，立刻鑽了進去，脫下身上的灰色運動服，換上帶出門的套裝。有個流浪漢走進小巷，一看到滋子半裸的模樣，當場嚇得落荒而逃。

滋子愈是慌張，換起衣服愈是手忙腳亂，怎麼都穿不好。汗水涔涔滴下，流進眼睛裡，她以手背擦去汗水，那張濃妝豔抹的臉頓時變得像抽象畫般可怕，但她一心只顧著換衣服。

一番苦戰後，滋子終於換好套裝，戴上首飾。

（好了，這下子我能夠抬頭挺胸地去見杉帥啦！）

滋子才剛走出小巷，暈眩再度襲來。

（不行！我不能倒在這裡！）

她努力撐著，身子卻不聽使喚，就這麼搖搖晃晃地走上大馬路。

這時一輛車衝了過來。

一陣刺耳的緊急煞車聲之後，傳出鈍重的碰撞聲。滋子整個人撞向地面。

「嗚哇！糟了！」大喊的並不是駕駛，而是後座的佐藤良雄，他清清楚楚看見有個人撞上了引擎蓋。

駕駛緊握著方向盤，縮起脖子閉上眼，滿腦子想著「我死定了」，完全慌了手腳。

「喂，你去看一下啦！」佐藤搖了搖駕駛的肩說道，於是駕駛顫抖著身子下了車。

人群開始聚集。佐藤看到這情景，判斷自己還是跟著下車比較好。雖然開車撞到人的是他的經紀人，在這種情況下，要是他繼續躲在後座不出面，只會讓他的藝人形象受損。佐藤戴上太陽眼鏡，迅速思考著萬一被圍觀群眾察覺他身分時的對策。

佐藤的藝名叫做杉平健太郎，接下來的行程是縣民中心的獨唱會。由於方才在飯店與情人談分手不甚順利，太晚離開飯店，爲了趕來會場，經紀人車子開快了點，沒想到竟然釀成車禍。

沒問題的，這點程度的小車禍，兩、三下就能擺平。——佐藤的腦中迅速浮現幾位有力人士的名字。

他下了車，走近呆立車子前方的經紀人。圍觀群眾似乎還沒發現佐藤就是杉平健太郎。

「喂，狀況怎樣？」他悄聲詢問經紀人。

「呃……她……動也不動……」經紀人都快哭出來了。

佐藤往地上一看，倒在車前方的似乎是位老婆婆，一身廉價套裝，但她俯臥著，看不見面容。

「你過去看一下。」

聽到佐藤的命令，經紀人的臉色更加鐵青。他蹲到婆婆身旁，戰戰兢兢地將她翻過來。

「哇！」看到那張五顏六色的臉孔，經紀人嚇得倏地放開手。「碰」的一聲，婆婆的額頭再次撞上柏油路面。
「那、那、那張臉……」佐藤結結巴巴地說道。
就在這時，全身癱軟的婆婆突然有了動靜，只見她緩緩轉頭望向佐藤。婆婆的額頭破了個洞，那張五顏六色的臉多了數道血紅的細線。
婆婆一看到佐藤，眼神頓時亮了起來，接著衝著他嫣然一笑。
「呃！」佐藤不自覺地往後退。
更驚人是接下來發生的事。身受重傷的婆婆居然一下子站了起來，伸長雙臂，朝佐藤一步步走去。圍觀人群中有人發出尖叫。
「哇！」佐藤想逃走，雙腿卻不聽使喚，當場一屁股跌坐在地。他想站起來，腰部卻使不上力，只剩雙腿掙扎著亂踢。
滿臉是血的婆婆緩緩逼近，依然是一臉笑盈盈，嘴裡念念有詞。
「哇！哇！哇！走開！不要過來！嗚——」
佐藤再也忍不住哭了出來，兩腿間流出了液體。
如果他夠冷靜，應該聽得見婆婆在念些什麼。她是這麼說的：
「杉帥，您今天要表演什麼？」

一徹老爹

得知母親生下的是男寶寶時，我打從心底感到開心，因爲這代表我終於能夠逃離那悲慘的生活了。

而父親的喜悅肯定是遠勝於我的。母親在產房時，父親和我在家中等候。當我轉告他醫院來電報喜，他立刻如健美選手般擠出全身肌肉，將近一分多鐘的低吼之後，突然以直達天庭的巨吼喊道：

「幹得好啊！秋子！」

這一聲狂吼，引得附近的狗兒也激動得齊聲同吠。

我和父親一同前往醫院，父親簡短地慰勞完成生子大業的母親之後，馬上說他想看寶寶。護士小姐抱著嬰兒過來，但父親第一個舉動並不是看寶寶的面容，而是檢查下半身。

「喔，有耶！有小雞雞耶！是男的啦，如假包換的男子漢！哇哈哈哈！太好了，我的夢想實現啦！」

看著興高采烈又叫又跳的父親，我開心的情緒卻奇妙地冷了下來。我看向床上的母親，剛生產完的她神情也異常冷靜。我倆交換了個眼神，接著彷彿心照不宣般，同時輕嘆了口氣。

「唉，妳要是男的就好了……」

父親這句話，我從小聽到大，豈止聽到耳朵長繭，我已經全身都長繭了。照理說我應該會因此成爲叛逆少女，但我並沒走上歧途，原因是，我知道父親說出這種話的理由再無聊不過，只不過他本人似乎不覺得無聊就是了。

父親的夢想，就是培養兒子成爲職棒選手。而這個願望只是出於一個想也知道的通俗背景——父親本身年輕時一直想成爲職棒選手，卻沒能實現。

聽母親說，父親當不上職棒選手的原因很簡單——因爲他沒有天賦，如此而已。這麼說來，得到他遺傳的兒子應該也是希望渺茫吧？但父親的認知卻與母親的有些落差。

「我當不成職棒選手是因爲起步太晚了，所以只要從小開始訓練，我兒子一定能夠實現這個夢想！」父親如此深信著。

而且早在和母親結婚前，父親便說過無數次，要是將來生了男孩，他一定要全心全力將兒子培育成棒球健兒。

但是，世事無法盡如人意。婚後沒多久，生出來的孩子是女的，也就是我。父親失望不已，於是將希望寄託在第二胎身上。我之所以被取名爲「望美」，就是這個原因（*1）。

然而，我的名字並沒有帶來任何奇蹟，母親遲遲懷不上第二胎。（我在猜）焦急的父親每晚努力做人，但依舊毫無成果。

*1日語「望美」（ノゾミ）與「希望」（望み）同音。

到我五歲時，父親終於死了心，但他提出一個驚人的點子。某天，他買來一副兒童用棒球手套，對我說：「喂，望美，我們來玩傳接球吧。」

平日都在玩娃娃換裝遊戲的我回道：「咦——？我不要——」

「爲什麼不要？傳接球很好玩耶。快點，去換運動服！」

父親強行將我拉到外頭，逼我和他玩傳接球。

那天開始，我的生活滲入了憂鬱。每天天色未明，父親便叫醒我，逼我和他玩至少兩小時的傳接球。有時我們比送報的還早起，送報大哥哥經過門前，看到這對大清早就玩傳接球玩得一身大汗的父女，總是嚇得啞口無言。

總歸就是，父親將他長年以來想對兒子做的一切全部加諸我身上。他大概是覺得，先湊合一下拿女兒來訓練好了。

「等望美妳長大成人時，說不定已經有女子職棒啦。要是沒有，自己組一隊不就得了，反正最近女性也逐漸涉足男性的世界，所以這不是天方夜譚啦。」傳接球訓練過後的餐桌上，父親總是邊吃早餐邊對我說。我想他應該是想說給自己聽的。

但不得不配合父親那不切實際想法的是我，痛苦的也是我。我好幾次嘗試反抗，甚至說出「我最討厭棒球了！」這種話，每次安撫我的都是母親。

「反正妳爸爸撐不了多久就會放棄了，妳就先陪他玩玩嘛。」

被母親這麼一拜託，我也不好唱反調，結果就是，我只得心不甘情不願地繼續陪著父親朝他的春秋大夢邁進。

我一升上小學，父親便強迫我加入本地的少棒隊，全隊只有我一名女生。一開始曾受到一些欺負，後來當他們發現我是同齡隊友中球技最強的，再也沒人敢說什麼了。

父親只要一有空，就會來球場看我練球，有時看不下去還會擅自跑進場內指揮了起來。老實說，教練每次看到父親，臉色都不是太好看。

我並沒有太努力，還是升上了正式球員，也取得了上場比賽的資格。想也知道，父親每場比賽必定到場加油，而且每當我在比賽中大放異彩，父親總是比我還興奮，手舞足蹈慶賀一番之後，最後總會加上這麼一句：

「唉，妳要是男的就好了……」

每次聽到這句話，我都不由得感謝上帝賜給我的是女兒身，同時向上帝祈禱讓我早日脫離這個煉獄。我想當個普通女孩兒，看到一些同齡的小三朋友已經出落得女人味十足，我不禁焦急了起來。我的衣服全是男裝，即使我想穿上可愛的洋裝，一身黝黑的肌膚、傷痕累累的手腳，根本一點也不適合女裝。

就在我即將升上四年級時，母親懷孕了。從得知消息的那天起，我和父親便開始了每天的禱告。父親祈禱著未竟的夢想能實現，我則是祈禱能夠脫離苦海。我們父女倆的共同願望只有一個——希望母親這胎生男孩。

男寶寶就這麼生出來了。弟弟被取名爲「勇馬」（*1），他一生的命運，可說打從出生這一刻就注定了吧。

父親彷彿初次撒下花種的小孩般，每天每天觀察著勇馬的成長狀況。他會拿裁縫量尺從勇馬的頭頂量到腳尖，說著「喔，比昨天高了五公釐呢！」之類的，顯然已經迫不及待想和兒子一起玩棒球了。

至於我，則是在弟弟誕生後的隔月退出了少棒。我請母親轉告父親這件事，父親的反應只有「喔，是喔。」一句話而已。順利從棒球地獄解脫的我，開始留長髮（之前我一直是類似五分頭的怪髮形）；而且爲了讓皮膚白回來，我盡量不去戶外走動。

勇馬滿三歲時，父親開始讓他碰軟式棒球。當然之前父親持續和勇馬玩著球類遊戲，但眞正的訓練其實是打從這一刻起。

初次握球，父親便命令勇馬以左手投球。

「左投投手是很重要的，即使球速比右投投手慢上十公里，威力卻絲毫不遜色，如果對方是左打打者就更有利了。而且左投容易牽制一壘跑者，連帶地能夠減少自責分。」

三歲小孩哪聽得懂這些，但父親還是自顧自說個不停。

父親的左投培育計畫透過各方面持續進行著。勇馬原本很自然地以右手持筷和拿鉛筆，也被父親強迫改掉了。

有一天，父親買了一大堆彈珠回來，放進碗公裡，接著拿出一個空的碗公放在一旁，將筷子遞給勇馬說道：

「勇馬，你聽好了，左手拿筷把彈珠挾起來，放進另一個碗公裡。要每天練習哦，目標是快速地把所有彈珠移到另一個碗公裡，知道嗎？」

想想，以右手拿筷挾彈珠都很困難了，勇馬每天邊哭邊練習，父親還會坐在勇馬面前計時，講一些「這樣不行啦！比昨天還慢五秒！」之類的刺耳話語激勵勇馬。

母親實在看不下去了，向父親提出抗議，然而父親只是說著超級老掉牙的藉口：「男人的事女人少插嘴！」完全不聽勸。傷透腦筋的母親只好趁白天父親外出工作時，盡量讓勇馬使用右手。面對雙親迴異的教育方針，年幼的弟弟一開始有些不知所措，但憑著小孩子特有的超強可塑性，總算撐過了這複雜的狀況。後來勇馬之所以左、右手都會拿筷子和寫字，起

---

*1「勇馬」（ゆうま）音近似「飛雄馬」（ひゅうま），出自知名棒球漫畫《巨人之星》（巨人の星）的男主角星飛雄馬。連載於一九六六—一九七一，梶原一騎原作，川崎のぼる作畫，故事敘述星飛雄馬在父親星一徹的斯巴達式訓練下，通過不斷地磨練，成長爲棒球界中以超高速球聞名的投手；本短篇篇名〈一徹老爹〉亦出自此。日語中，「一徹」有頑固、固執之意。

因就是這件事。

勇馬升上幼稚園後，父親的特訓愈見激烈，首先展開的是跑步訓練。每天清晨的傳接球訓練結束後，父子倆便一同在鎮上練跑，直到幼稚園娃娃車來家附近接人爲止。原本父親打算帶著勇馬一路跑到幼稚園的，他的理由是：「年紀輕輕的坐什麼車？用跑的就好了！用跑的！」後來是園方認爲有安全上的顧慮，父親才乖乖接受他們的建議，打消了念頭。

接下來是蛙跳，訓練時段是每天晚間的傳接球練習結束之後。父親讓勇馬在家門前的馬路上來回蛙跳，附近鄰居開始議論紛紛，我和母親都覺得很丟臉，但父親壓根不在意，風雨無阻地讓勇馬持續練習。魔鬼訓練不止如此，有一天，父親不知從哪兒找來了舊輪胎，綁上繩子讓勇馬拖著輪胎一邊蛙跳。據父親說，爲了培育棒球健兒，舊輪胎加蛙跳的體能訓練法是最基本的，至於他爲什麼如此深信不疑，我完全不明白。

我聽高中體育老師說過，「蛙跳只會造成腰部與膝關節疼痛，對於提高肌耐力毫無效果。」我回家轉述這番話之後，蛙跳特訓才好不容易告一段落。只不過，剛聽到這個論點時，父親氣得暴跳如雷，狂吼著：「不可能的！我、我這種特訓……誰、誰說拖輪胎練蛙跳毫無意義！這、這是絕、絕、絕對不可能的！」說著氣話的父親彷彿自己的存在被否定了似的，直到他看到老師給我的專業訓練書影印本，臉色一陣紅一陣青，之後連續三天都是一副無精打采的模樣。

從以上的舊輪胎一例便不難察覺，父親很喜歡自行研發獨創的訓練法，其中一例，就是鐵木屐。記得那是勇馬小學低年級時發生的事，某天，父親帶了兩塊小鐵板回來，裝上木屐帶便成了鐵木屐。他命令勇馬穿上它，像平常練跑一樣跑跑看。弟弟穿上去才稍微跑了一會兒，馬上哭喪著臉說：「我腳趾好痛喔——」但父親的回答卻是：「靠毅力決勝負！拿出毅力來就不會痛了！」

後來那雙鐵木屐不出三天就被束之高閣了，因爲勇馬的腳趾間腫得紅通通的，連棒球員必備的配備——釘鞋都套不進去。

在父親想出來的各種訓練法當中，最經典的就數「那個」了。當時，父親閉門不出好一段時日，成天關在房裡不知在做什麼。出關時，拿出來的就是「那個」。

那東西乍看之下很像健美擴胸器，縫得複雜無比的皮帶上裝有數條粗彈簧，父親似乎眞的是拆下擴胸器的彈簧拿來改造而成。

「喂，勇馬，來一下。」

勇馬戰戰兢兢地過去了，當時他還是小五生。

「衣服脫了，把這個穿上去。」

「那個是……什麼？」弟弟不安地問道。

「這個？這個啊……」父親深吸一口氣，難掩興奮的神情說道：「是職棒選手培育支架。」

「支架？」

「沒錯。只要裝上這個，就能在日常生活中自然而然地鍛鍊肌肉，讓你養成一身職棒選手的強健身材。」

「老公，等一下。」母親皺著眉說道：「不要給勇馬裝一些怪東西！」

「哪裡怪了？是你們不懂罷了，這可是很有名的訓練器材呢！勇馬，快把衣服脫掉。」

「不行！」母親很難得地繼續奮戰，「要是弄傷了怎麼辦？」

「放心啦，相信我。好吧，我先試用給妳看好了！哼哼，為了讓大人小孩都適用，我可是把皮帶設計成可調整長度的，畢竟要讓勇馬從小用到大才行啊。」

父親脫下上衣，試圖將支架穿上身，彈簧發出嘎啦嘎啦的刺耳聲響。母親眉頭緊鎖，勇馬愣愣地直盯著父親，而我則是抱著一副看好戲的心情。

最後一個釦子扣上，父親挺起胸膛說道：「怎麼樣？很讚吧？」

話聲剛落，傳來一聲「咕嘰」的怪聲，父親的雙臂頓時被強拉到後方去，那一瞬間，父親的姿態彷彿蝶泳選手自水面悠然乍現。

「痛啊——！好痛、好痛、好痛、嗚——嗚——嗚——」父親大聲呻吟著，痛得整張臉皺成一團。

「糟了！不得了了！」

母親和我們姊弟倆費了好一番工夫將支架拿了下來，但只要一碰到父親的雙臂，他馬上痛得慘叫連連。帶他去醫院看診後，醫師說他兩肩和雙肘肌肉拉傷，兩手腕有輕微扭傷，而且因爲皮膚被彈簧夾到，手臂上到處是瘀青。那次意外，讓父親向公司請了兩天假。

然而，父親的優點或許就是愈挫愈勇吧。等雙臂又能自由活動後，他檢討上次失敗的原因，再度製作出「職棒選手培育支架2號」。這回，他使用腳踏車內胎代替彈簧，而且爲了不弄痛身體，大幅降低了橡膠的彈力強度。勇馬有時會在傳接球訓練時穿上它，但只是多了層累贅，看不出對訓練有什麼幫助，不過父親在乎的似乎只是勇馬乖乖穿上支架這件事。

雖然這類的蹩腳訓練課程不少，勇馬好歹接受的是英才教育，他的棒球底子相當扎實，在少棒隊裡擔任第四棒，也成功進軍了全國大賽，父親非常滿意。

一上中學，勇馬理所當然地進了棒球隊。這段期間父親每晚的樂趣，就是在晚餐後聽勇馬聊球隊的事，而且不光是聽而已，兩人的對話宛如棒球隊的簡報會議般。

「所以教練把松本換去守三壘了？」

「是啊。」

「這樣不行啦，松本的投球方式有問題啊！讓他那種角色去守三壘，就很難以內角球與右打者對決了耶！眞是的，你們教練到底在想什麼啊？」父親面色凝重地看著眼前的筆記。

那本筆記本我看過好幾次了，上頭完整記載著父親去看勇馬練習賽時的紀錄。

「那下次比賽的第一棒是誰？」

「小坂。」

「小坂？嗯，他的腳程的確不錯……」父親再度看向筆記本。盜壘成功率、打擊率……種種數據整理得一目了然，「不過，上壘率卻差強人意啊。他有點太愛揮大棒了，只要改掉這一點，應該能夠勝任第一棒。嗯，既然教練這麼決定了，就再觀察一陣子吧。」

父親儼然一副球隊總教練的口氣。

而每當比賽日期逼近，他又搖身一變成了超級記錄員。父親只是個普通的上班族，不知道他哪來的時間幹這些事，總是神不知鬼不覺地偵察敵方陣營的練習，回來教導勇馬如何克敵制勝。

「聽好了，你要小心大山這個打者，這傢伙身材高大，乍看會以為他擅長拉打，其實他最厲害的是外角球，很容易將球推打出去。只要大山上場，你就直接給他一記內角球。放心吧，你投的球，他的球棒連碰都碰不到的啦。」

事後就我從勇馬口中得知的，父親的建議有些很中肯，有些則是錯得離譜。好比父親曾說：「看那傢伙練習揮棒的樣子，一定是他們隊上最可怕的打者。」事實上那名打者只是個新入隊的候補選手；還有，父親曾說：「對方投手只會投直球和曲球，不必放在眼裡。」事實上對方卻投出了內飄球，讓勇馬的球隊疲於應付。

不過，或許是父親的努力有了回報，勇馬的名字在我們地方的中學棒球界小有名氣。證據就是，勇馬一升上三年級，馬上有各校人士造訪我家，每位來頭都不小，全是曾經出賽甲子園一、兩次的棒球名校。

勇馬的學業成績還過得去，只要老師推薦，應該無論哪間高中都進得去，而且肯定是減免學費入學。

所以問題就在於要選擇哪一間學校。

我和母親都傾向申請ＫＫ學園，因爲是男女合校，應該能夠讓勇馬擁有快樂的高中生活。

但父親反對。

「打棒球不需要女人。」他說：「要是有了女朋友，一定會分心，沒辦法專注在練球上。想交女朋友，等勇馬當上職棒選手打出好成績，到了適婚年齡再說吧。」

父親接著還對我說：「妳有空擔心弟弟，不如先擔心自己嫁不嫁得出去吧。」

附帶一提，我那段時間以成爲職業高爾夫選手爲目標，開始去高爾夫球場上班了。當我向父親報告新工作一事，父親的反應只有「喔，是喔。」而已。

父親想要勇馬就讀的男校，是以硬派作風出名的武骨館高中。他們棒球隊員的頭髮一律剃得短短的，而且是隱約看得見頭皮的五分頭，相當誇張，但父親似乎尤其中意那所學校。

確定了學校的那天，我對勇馬說：

「你啊，還是有點主見比較好哦，不要什麼事都照爸爸的話去做，想說什麼就坦白說出來，你又不是爸爸的機器人。」

然而聽到弟弟的回應，心裡不好受反而是我。他說：

「可是啊，我又沒什麼特別想做的事，也不討厭棒球啊。嗯，雖然可能會遇到各種挑戰，只要照著老爸的話去做，應該不會出什麼大差錯吧。」

聽到這番話，我不由得想抓他的頭過來敲個兩、三下。

然而看似沒什麼主見的勇馬，進了高中沒多久，逐漸有了變化。總覺得，他比從前有活力了。一路走來只是聽從父命打棒球的他，成了高中生之後，似乎也愛上了棒球，常會自動自發地留在球隊拚命練球。

「勇馬好像整個人脫胎換骨了呢。」我和母親如此談論著。

勇馬會有這麼大的改變，似乎是因爲交到了好朋友——與他同期進球隊的捕手番野。

「自從和他組成投捕搭檔後，投球這件事突然變得有趣了。這就是所謂的『默契』嗎？我和番野能夠了解彼此心中的所思所想。好比當我想著：『好，我要以這個方法對付這個打者！』他就會打出我想要的暗號。」

聽到勇馬這番話，父親自然是喜不自勝。

「交到朋友很好啊！尤其你的搭檔就是你的好朋友，再好不過了！」說到這，父親似乎想起了什麼，問勇馬道：「對了，你的勁敵是誰啊？」

「勁敵？」

「沒錯。能和你並肩作戰的摯友固然重要，在運動員生涯當中，能夠互相切磋的勁敵也是不可或缺的。有沒有誰能當你的勁敵？」

「沒有。」勇馬回道。父親一聽，頓時垮下臉來，兀自喃喃念著：「得早日找出勁敵才行……」

沒多久，父親就幫勇馬找到勁敵了。他是鄰縣強隊的第四棒打者，也頗受職棒界關注。父親將刊有該選手特寫照的剪報拿給勇馬看，宣布：「從今天起，這個男的就是你的勁敵！」莫名其妙被當成勁敵，這名選手也滿可憐的。

後來過了一陣子，勇馬便在練習賽中與這位勁敵對上了。比賽前一天，父親通宵做了寫著「打倒勁敵！」的布條，卻沒有發揮任何效用——勇馬投出的球，被這位打者擊出了兩支安打。我想，這位選手應該做夢也沒想到，那布條上頭寫的「勁敵」指的是自己吧？

勇馬在高二時取得了隊上王牌級的背號，但甲子園終究是沒去成。最接近甲子園的時刻，就是高三那年的夏天了。當時武骨館高中打到地區決賽，對戰隊伍正是我和母親希望勇馬去就讀的ＫＫ學園，那是我第一次前往球場爲弟弟加油。至於父親，當然是希望勇馬無論如何都要把握這次機會打進甲子園，引起職棒球探的注意。父親打從開賽便站在觀眾席最前排，雙手扠腰、神情駭人地從一局上半直盯到九局下半，渾身氣勢逼人。比賽結束，武骨館高中落敗，父親仍一動不動地站了好半晌，應該是受到相當大的打擊吧，隔天還向公司請了假在家休息，就連他每年必看的體育新聞節目《高中棒球花絮報導》，這一年也完全提不起勁收看。

而我剛好在勇馬這場比賽之後，考取了職業高爾夫選手資格。當我向父親報告這件事時，他只說了：「喔，是喔。」

那一年的職棒新秀選拔，勇馬沒有得到任何一隊的指名。選拔結果發表當天，請假在家等待球團來電的父親，又和上次甲子園之夢泡湯時一樣，陷入了嚴重的情緒低潮。由於先前某體育報一篇「本年度高中生職棒新秀選拔候補」報導中曾出現印得小小的勇馬的名字，父親看到報導後，更是全心寄望在這次的選拔上。

「那些職棒球探眼睛都長到哪裡去了！」父親大口喝茶、大口啃著豆沙包，就這樣嘀咕了一整晚。喔，附帶一提，我父親是滴酒不沾的。

「好！選秀沒上沒關係，去參加入團考試吧！」父親對勇馬說：「然後給那些選秀入團的人好看！怕什麼！很多知名選手都是考進去的啊，像是……」父親一一列舉歷年的知名選手。

不過，父親這個胡來的提案輕易地被否決了，因爲現今的入團資格審核規則早已不同昔日，入團考試改在選秀前進行，就算考試合格，也必須得到指名才能入團。

「嗯……這樣啊，失算了呢……」從父親的表情不難看出，他打從心底感到遺憾。

最後，勇馬選擇上大學，雖然也是一間出過幾名職棒選手的學校，父親卻希望勇馬高中畢業後直接去找工作，因爲父親沒辦法等個新秀選拔等上四年。不過，這次勇馬成功說服了父親，而他的好搭檔番野也進了同一所大學。

理所當然地，勇馬加入了棒球社，但他沉寂了好一段時間，直到升上四年級才突然嶄露頭角；大學聯賽中，只要勇馬一上場投球便所向無敵，他很快成了隊上的王牌投手。

同時期還有另一位備受注目的隊員，那就是捕手番野。強肩強打的番野能夠引導勇馬發揮全部力量，獲得了相當高的評價。

「黃金投捕搭檔百戰百勝」

諸如此類的報導開始零星出現在體育報上。父親開心地笑瞇了眼，小心翼翼地將那些報導全剪下來，貼到剪貼簿上。

終於，父親等待多年的日子近了。報上預測的職棒新秀候補名單中，這次清楚地刊登了勇馬的名字。父親想必將滿腔的希望全壓在這一年上頭。

不過，被指名機率在勇馬之上的正是番野。能肯定的是，番野會在前幾名出線，甚至可能取下第一指名。

然而，出乎所有人意料之外，番野謝絕了職棒球團的指名，而且他拒絕的理由也完全超出棒球迷的理解範圍：「我想前往自由的國度——美國。」他還說，他不想被職棒的狹小世界束縛。

事實上，番野早在職棒新秀選拔會議之前便獨自飛往美國，大學方面則是視同休學處理。

這件事似乎對勇馬打擊不小，這陣子他時常獨自沉思著。

可是父親完全沒注意到勇馬的變化，每天都開心得有如活在雲端上，加上曾有某球團打了電話過來說：「我們球團可能會指名勇馬君，屆時還請多多指教了。」更是讓父親樂不可支，儼然家裡已經出了個職棒選手，甚至開始練習該如何與記者打交道。其實，我前些日子在高爾夫比賽中首次奪下第三名，父親得知消息後，只是心不在焉地說了句：「喔，是喔。」

終於，決定命運的日子到來了。父親又向公司請假待在家裡，正襟危坐地等待喜訊，電話就放在面前。

我這天碰巧沒出門，決定看著事情的後續發展。勇馬一直待在房裡沒出來，母親則在廚房燒菜。

新秀選拔會議在上午十一點展開，但是只有第一指名與第二指名選手出爐時，球團會立刻以電話通知。從報上預測的名次來看，不會那麼快輪到勇馬，但父親依舊靜不下來，盤起胳膊直瞪著電話。十一點五十分左右，電話響了，卻是母親的朋友打來找她一起去看和服展。母親在講電話時，父親就站在她跟前，不斷以手勢示意要她趕緊掛電話。

之後，電話一直很安靜，到了下午一點、兩點，鈴聲都沒響起。因爲實在是太久沒動靜，父親還數度拿起話筒貼上耳邊確認電話是不是故障了。我在一旁瞥著父親那副模樣，一邊練習著高爾夫球揮桿。

兩點半左右，父親起身離開座位去廁所，而電話彷彿算準父親不在旁的這一刻，頓時鈴聲大作。我拿起話筒。

對方是名男性。我報上姓氏後，他也報出了身分，說是某職棒隊伍球探部的副部長。

父親不知何時站到我身旁，而且石門水庫沒關。我將話筒遞給父親，他接過話筒的手顫抖著。

「您、您好，電話換人接聽了。是的，我是他的……父、父親。咦……？第六指名？嗯，嗯，這樣子啊……。不不，千萬別這麼說……我們很樂意的……，是呀，那當然……」

我一邊聽著父親講電話，一邊走上二樓，敲了敲勇馬的房門。沒回應。我覺得奇怪，開門一看，勇馬不知道什麼時候溜出去了，房裡不見人影。

怪了。——我環視室內，發現桌上有張便條紙。拿起來一看，是勇馬的字，上面寫著：

「對不起，我實在忘不了番野。我高中時就喜歡上他了，而他也深愛著我。和他在一起非常快樂，是因爲有他，我才能夠一路持續打棒球至今。我打算和他在美國過著幸福快樂的生活，請不要來找我，再見了。

勇馬」

樓下父親欣喜若狂的話聲，不斷傳入我耳中。

一想到父親看到這張便條紙會有什麼反應，我不禁直打哆嗦。

逆轉同窗會

一般說到同窗會，都是指從前同班同學的聚會。或許是小學同學、高中同學；或許是重考補習班同學——雖然重考班的回憶可能不甚美好，還是有其値得回味之處；當然，也或許是當年就讀滿州（現今中國東北(*1)）小學的同窗會。

無論時代背景爲何，會聚集起來辦同窗會的，都是曾經同班的學生們。首先有數名熱心的同學聚頭聊天，聊著聊著突然覺得好懷念當年的伙伴，接著便有人提議來舉辦同窗會吧。一般都是這樣發起的。

這裡所說的「伙伴」，並不包含導師等教師層級。會想到邀老師與會，通常是在規畫差不多底定時，某位體貼的女同學提起：「欸，大家難得碰頭，要不要順便邀山田老師來？」之類的，是否邀請老師這件事才會浮上檯面。這時，若有某位發起人說：「才不要咧，我可不想在同學會上見到那老頭。」提案便到此結束；而若是全員一致同意：「好啊，老師當年也很照顧我們，很想再見見老師呢！」那麼該位老師便能幸運地得到邀請，頭銜說好聽是「嘉賓」，但事實上，教師從來就不是同窗會的主角。

然而，這兒卻有個團體，年年舉辦著不太一樣的同窗會，聚會名稱就叫做：「巢春高中第十五屆導師會」。

巢春高中是縣立的，升學率排名爲中後段，今年爲創校第三十七年。換句話說，第十五屆的學生已經畢業二十多年了。

所謂「第十五屆導師會」，就是當年在巢春高中任教導師們的聚會，成員約十人。當時的教師當然不止這人數，但與會的只有這幾人。

這場聚會的發起原因非常單純——名叫大宮一雄的教師退休後，收到前同事的賀年卡，雙方開始有了聯絡。兩人都曾在巢春高中任教，碰面後愈聊愈起勁，便決定召集當年的同事來場聚會。

然而，若只是這種程度的交情，了不起辦得成一次聚會，通常不會有下次了。但是「巢春高中第十五屆導師會」至今已辦過五回，幾乎成了這群人每年九月的一樁盛事。每次散會前，還會有人自告奮勇說：「那麼，明年就由我來負責聯絡各位，請大家多多指教了。」

爲什麼他們能夠如此持續下去呢？最大的原因是，對這些人來說，任教於巢春高中的時光，都是他們人生中最充實的一段日子；尤其第十五屆的學生，更是令他們難以忘懷。當時由於學區異動，那一屆的學生資質和以往大不相同，講白一點就是，比歷屆學生都要聰明太多了。這些原本應該就讀其他優秀高中的資優生，在那一年大量流入巢春高中。

*1 西元一九三一年，中國東北軍與日本關東軍爆發衝突，史稱「九一八事變」（日稱「滿州事變」）。事變後，一九三二年，大日本帝國於中國東北扶植「滿州國」政權，至一九四五年解散，期間有不少日本人在當地生活，也建立起完整的普及教育體制，當時曾設立一萬兩千多所小學。

「絕對不能放過這個千載難逢的大好機會！」

校長一聲令下，教師們也卯起勁來認眞教學，每個人都竭盡全力想讓巢春高中成爲首屈一指的高升學率名校。於是，上課內容更爲專精，考試題目變難了，教師們相對得付出更多心力。他們的努力明顯有了回報，學生們的學力眼看著與日俱增。

第十五屆的學生升上了高三，對這些導師而言，爲愛徒規畫畢業出路，有著前所未有的緊張感。學生幾乎人人想報考國立大學或私立名校，把目標訂在東大的甚至高達十多人。巢春高中創校十五年來從沒人考上東大，不，根本沒人提出報考。校長得知消息後興奮莫名，把報考東大的學生全集合到校長室激勵了一番。

而第十五屆畢業生的升學考試結果也非常耀眼，週刊刊登的全國知名大學榜單上，出現不少巢春高中畢業生的名字，許多導師都將該頁報導剪下來做爲紀念。

但是美好時光並不長久，那一屆之後，巢春的學生素質日趨低落。原因似乎是出在中學校方，他們覺得：「我們學校的優秀畢業生怎麼可能大學落榜？都怪巢春的老師不會教！那種高中，就讓資質比較差的學生去念吧。」第十五屆學生畢業後，隔年巢春的校名便從週刊榜單中消失了。

當然，並不是說成績優秀的學生就可愛，不優秀的學生就不可愛。第十五屆的學生當中也有不良少年存在，但對這些教師來說，這些叛逆學生同樣是令人印象深刻的愛徒，和考進東大的學生沒兩樣。但說到底，不過是由於這些教師本身對第十五屆全體學生一直是另眼看待的關係。

如此這般，對於當時任教於巢春高中的教師們來說，第十五屆的學生是極爲特別的存在。

今年擔任「巢春高中第十五屆導師會」總召的是古澤牧子，她從前教的是國文，退休後賦閒在家，只有偶爾去成人教育中心上上課。她丈夫也從教職退休，現在在家裡每天忙著照顧家庭菜園。

七月的某一天，她接到了大宮一雄的電話。大宮當年也是教國文的，和古澤牧子一直交情甚篤。

兩人一陣閒話家常後，大宮提起了九月的聚會，想關切一下是否一切順利。古澤說她還沒開始聯絡。

「喔，這樣啊，沒關係啦，還有兩個月嘛。呃，其實啊，我打電話來是因爲突然有個提案，想聽聽妳的意見。」

「什麼提案呢？」

「呃……我們的聚會啊，老是那幾張熟面孔，滿無聊的。所以我在想，今年是不是找一些嘉賓來，大家熱鬧點。」

「嘉賓？你是說再多找些老師來嗎？」
「不是啦，我是覺得不妨找學生來啊，應該會很熱鬧吧。」
「學生啊……」
「嗯。老是我們這幾個聚在一起聊聊往事也不錯啦，不過，妳不想看看當年的學生如今變成什麼模樣嗎？」
「當然想呀！他們出社會之後一定各有一番成就了吧？」
「就是說呀，妳也很好奇吧！怎麼樣？要不要考慮看看？請放心，我不會丟下妳一個人處理這麼繁瑣的細節，要是決定找畢業生來參加，我會盡全力幫忙聯絡的。」
「啊，不不，聯絡是小事。只不過，要找哪些學生來呢？」
「嗯，這我也還沒……」
「要找當然是找第十五屆的吧！」
聽古澤牧子這麼一說，大宮立刻雀躍地答道：「沒錯沒錯！不找第十五屆就沒意義了！」
「那麼，要找哪幾位呢……」
「柏崎怎麼樣？不曉得聯不聯絡得上？」
「對喔，找柏崎嘛。」

這群前教師每次聚會聊天，一定會提起柏崎的名字。他的成績只有中上程度，卻是個開心果，不論學生、老師都很喜歡他。柏崎最有名的趣聞，就是他在校外教學時扮女裝溜進女生寢室。當時逮到柏崎的就是大宮，也因此他每年必定會聊起這件事。

「好的，我會試著聯絡看看。要不要順便請柏崎幫忙通知當年的同學們呢？」

「好啊，就這麼決定吧！」大宮在電話那頭滿意地說道。

後來古澤牧子透過畢業紀念冊查出柏崎家，撥了電話過去，幸運的是，柏崎家仍在原處，鈴響沒多久，接起電話的是柏崎年邁的母親，她說柏崎搬出去住了。古澤牧子詢問柏崎現在的住址與電話，老母親詳細地告訴了她，想必因爲打電話來的是兒子的高中老師，老母親也倍感親切吧。

「那麼，請問柏崎同學目前在哪裡高就呢？」

「嗯……他在花丸商事上班。」

「哎呀，在那兒呀……」

花丸商事在他們當地算是相當有名的，不過有名歸有名，古澤牧子完全不清楚那間公司是在做什麼的。

「柏崎同學有一番成就了呢！」

「哪裡哪裡，現在還只是課長而已啦。」老母親的語氣裡其實滿是自豪。

掛上電話後，古澤牧子馬上寫了封信給柏崎，大意是想請柏崎聯絡同學參加同窗會；最後寫著，過幾天會直接撥電話過去確認意願，請他這些天先考慮一下。信寄出四天後的晚上，古澤撥電話到柏崎住處，接電話的正是柏崎。

「老師，好久不見了！謝謝您寫信給我，本來應該是我回電給您的，不知不覺拖到現在，眞是抱歉，還煩勞您親自打電話給我。從您的信上得知您身子一切健康，我也放心多了。」

古澤牧子完全沒有插嘴的餘地，柏崎毫無窒礙地一口氣講了這串話，彷彿私下練習過了好幾次。

「是啊，我健康還過得去啦。柏崎，得知你過得不錯，老師也很高興呢。」

「謝謝老師。」

「那麼……關於信裡提到的那件事……」

古澤牧子不知怎的緊張了起來，總覺得電話那頭不像是從前那個開心果柏崎。不過想想也無可厚非，人家現在可是知名企業的課長了。

柏崎一口答應了古澤牧子的委託。他說等參加人數確定後，會馬上通知她。

「那，呃……百忙之中打擾了，那就萬事拜託了。」

古澤掛上電話後，心頭突然湧上些許不安，不曉得自己是不是做了不該做的事。

第六回「巢春高中第十五屆導師會」於九月二十號星期五晚上七點舉行，地點還是在他們每年聚頭的同一家日本料理店。

擔任總召的古澤牧子早早便到場，而其他的前教師們也在六點五十分之前便全部入座了，大家都難掩雀躍的神情。

「好慢喔，那些孩子怎麼都還沒到啊？」大宮一雄撫著下巴看向入口。

「大宮老師，還不到七點嘛。」理科教師杉本安撫道。他為了這一天還特地買了新上衣。

「過七點就算遲到了。我們來想想給遲到的人什麼懲罰吧！」社會教師新美那滿是皺紋的面容笑了開來。他當年兼任訓導主任，學生們在背地裡都叫他「惡魔新美」，而他自己還挺滿意這個外號的。

「呃……今天誰會來呢？」數學教師內藤問古澤牧子。

「柏崎、小山、松永、神田，還有光本和幸田。不過光本和幸田已經分別改姓川島和本原了。」(*1)「嗯嗯，小山這孩子我還記得很清楚。」英文教師時田一臉懷念地說道：「我

*1 日本女性婚後一般會冠夫姓。

記得他有陣子在玩樂團，有一次上課看他拚命在查字典，我從身後偷偷看他在做什麼，竟然是在翻譯外國歌的歌詞。我罵他：『你在做什麼!?』他還處之泰然地問我：『老師，這句該怎麼翻才好呢？』很有趣的傢伙啊。」

「嗯，那時很多這樣的學生呢。該說是有個性還是叛逆呢？總覺得沒辦法以一般的方式管教他們。就像數學一樣，有時解題方法不止唯一一個呀。好比說呢……呃……我來想個例子吧……」數學教師內藤想舉個吸引人的有趣例子，卻力不從心，盤起胳膊苦苦思索著。

「妳知道他們每個人現在在哪裡工作嗎？」理科教師杉本望向古澤牧子。

「我看看……」古澤牧子看著筆記說道：「剛才說過，柏崎在花丸商事上班對吧？還有松永，他現在在縣警總部工作。」

教師們頓時目瞪口呆。

「那孩子去當警察了？」前訓導主任新美突然大喊：「這怎麼行啊！松永就是那個三天兩頭蹺課跑去學校附近吃大阪燒的小子吧？我還有一次衝去店裡逮人，被他從後門溜走了呢。」說著這件往事的新美卻是一臉開心神情，「讓那種臭小子潛入縣警總部，這一區的治安不知道會變成什麼樣子。等一下見到人，我一定要好好逼問他，看他有沒有認眞辦公！」

「就是說啊。還有那個柏崎，一想到他高中那副模樣，誰想得到是當貿易公司課長的料！眞擔心他能不能勝任呢！」大宮也不讓新美專美於前，扯著嗓門道：「你們可能聽我說過了吧，那小子的惡作劇眞是讓人傻眼啊，校外教學時居然扮女裝溜進女生寢室，眞不知該說他膽子大還是……」

大宮又提起這段不知說過多少次的陳年往事，這時，門外女服務生似乎領著客人走來了。紙門拉開來，三名男子出現在教師面前。

「抱歉，讓各位老師久等了。」

一身咖啡色西裝的男子低頭打招呼，身後的兩人也微微行了個禮。教師們卻是一陣沉默，這是有原因的。

「呃，你是……柏崎嗎？」古澤牧子戰戰兢兢地確認。

「是的，我是柏崎。」咖啡色西裝男子點了點頭。

「那麼，後方兩位是……」

「我是小山。」

「我是松永。」

也就是說，穿著深藍色西裝的小個頭是小山，一身灰色西裝的瘦削男子則是松永。

「對嘛，你是松永嘛。嗯嗯。」新美出聲了，「沒錯沒錯，五官還看得出從前的神韻啦，哈哈哈！嗯嗯，松永啊。」

「老師好。」松永點了個頭打招呼。

「別站在門口，你們也快點坐下吧，別客氣，自己找位子坐哦。」大宮說道。

於是三人說了句「打擾了」，在教師們的對面坐了下來。雖然受邀學生還沒到齊，古澤牧子叫女服務生先上菜，開始了今晚的同窗會。

「哎呀呀，那次眞是嚇了我一大跳啊。女生寢室這邊清一色是女生，唯獨你的體形怎麼看都不像是女的啊！我正要出聲叫住你，你卻轉身就逃，當時我就確定這傢伙肯定是柏崎啦！哈哈哈，因爲只有你會做出這種蠢事了。」

大宮不厭其煩地述說著那起事件，當然他是說給柏崎聽的，但柏崎只是一臉苦笑。

而柏崎鄰座的松永，則成了新美的獵物。他不止提了大阪燒事件，還連帶挖出一堆松永從前的糗事。

「對了，松永，你不喝酒嗎？」新美身旁的理科教師杉本問道。松永杯裡的酒一口也沒喝。

「是，呃……我不會喝酒。」松永搔了搔頭。

「什麼嘛，幹警官不會喝酒？太遜了吧。」新美露出金牙笑著說道。他早已喝得滿臉通紅，講起話來怪腔怪調的，「反正咧，警官不是那麼好混的，你必須當人民的楷模才行！知道嗎？拜託你嘍！」

「是，我會牢記在心的。」松永一邊幫新美斟酒。

至於小山，則是與其他教師聊天，一群人聊到了他目前的工作。小山現在在一間汽車製造公司上班。

「我負責的是生產技術的工程設計部分，簡單來說就是思考產品的製造方法。」

「汽車的製造方法很複雜嗎？」數學教師內藤問道。

「嗯，應該說，不單是汽車本體，每一個零件都有各自的生產線，必須爲每條線設計各自的技術工程。」

「喔，這樣啊……」內藤依舊一臉有聽沒有懂的神情，卻沒追問下去，而小山似乎也沒打算進一步說明。

這時，一邊應付著大宮的柏崎似乎想對小山說什麼。

他還沒開口，川島文香和本原美佐繪到場了。雖然兩位女同學如今已三十好幾，由於兩位女性的加入，席間氣氛頓時熱鬧了起來。

「哇！光本，妳當上口譯啦？眞是不簡單吶！」英文教師時田開心地對川島文香說道，可能覺得自己教過的學生裡出了這樣的人才很值得誇耀吧。「那妳現在在哪裡工作？旅行社嗎？」

「不，我現在受聘於一間專利事務所。」

「專利？」時田的表情彷彿在說「這跟口譯有什麼關係？」

「近年來日本企業與外國常有授權方面的糾紛，那時候就需要我們出面了。」

「聽起來相當專業呢！」接口的不是前教師，而是她的老同學小山，「得記住很多關於專利權的術語吧？」

「是啊，不光是記住，還必須弄懂那些專業術語的意思才行。」

「我們公司之前也遇到美國企業向我們求償，爲了讓我方站得住腳，我還通宵準備資料迎戰，現在雙方官司打得正凶呢。」

「有勝算嗎？」

「不可能贏吧。只要被美國挑到毛病，通常是凶多吉少。」

小山與川島你一言我一語了好一會兒，其他人只是沉默著。或許是察覺到自己讓場子冷掉了，兩人露出一臉尷尬。

「幸田啊，呃……不是，該叫妳本原了，妳好像也在上班嘛？」古澤牧子對本原美佐繪說道。

「是的，我待的是一家叫ＮＤＴ的公司。」

「ＮＤＴ？」古澤牧子從未聽過這間公司，其他教師也是一頭霧水。

這時，坐在最末席的柏崎開口了：「是做軟體開發的那家嗎？」

本原美佐繪點點頭，「是啊。」

「哇！這樣啊！其實我正傷腦筋要怎麼和你們公司搭上線呢。」柏崎說著伸手進西裝內袋，正要拿出名片，還是作罷了，應該是察覺到不該在這個場合談這些事吧。「眞沒想到妳會在那裡上班呢。」

「說到軟體開發，就是電腦相關產業吧？」理科教師杉本小心翼翼地問本原美佐繪。

「是的。」

「眞不簡單啊，把一堆男性都比下去了。」國文教師說道。

本原美佐繪看著老師，溫柔一笑說道：「我們業界是不分男女的。」

「可是，呃……我記得妳……」理科教師杉本撫了撫額頭說道：「本來不是很不擅長物理、化學這些理科領域嗎？」

本原美佐繪依然盈盈笑著，點了點頭道：「是的，不過軟體開發和物理化學並沒有直接關係的。」

「喔，這樣啊……」

「妳還需要親自寫程式嗎？」小山問道。

「現在不必了啦，我三年前轉調去業務部了。」

「嗯嗯，調得好，聽說寫程式很耗體力的。」

「畢竟過了三十歲，體力挺不住嘍。」

「妳做過哪些系統？」

「我嗎？嗯，我想想……，十年前我幾乎都在做專家系統（*1），因爲當時很流行嘛。」

「喔，那個啊。我們公司也嘗試開發過，最後還是放棄了。」

「當時很多人還不明就裡，便一窩蜂搶著跟進呢。」

「對對對，說到這個……」川島文香也加入對話，「當時有關專家系統衍生的專利權糾紛滿天飛，多虧了那陣熱潮，我才能常被派去美國出差呢。」

「其實啊，」這次換柏崎開口了，「講明了就是電腦業界想把ＡＩ——也就是人工智慧製成商品賣錢啦，不過畢竟一般人不見得對這麼冷硬的東西有需求或興趣，於是呢，業界就將消費者接受度較高的玩意兒硬是冠上『專家系統』這個聽起來很先進的名字。說穿了就是這麼回事吧。」

「柏崎你們公司也接觸得到這項產品啊？」

「因爲我待的是產業機器課嘛。」柏崎說著，迅速將方才沒能遞出的名片交給兩位女同學，最後遞了一張給小山，「最近我們公司會和德國的電源製造商簽約，你那邊之後還要開發新生產線的時候，方便通知我一聲嗎？」

「電源製造商那麼多家，很難打進來哦，而且我們工廠的生產線不太喜歡換廠商的。」

「那就以價格和服務決勝負嘍。當然，我們提供的品質是絕對沒問題的，也歡迎你隨時前往現場參觀。」

「你是說招待我去德國旅遊嗎？聽起來很吸引人呢，我會記下這件事的。」

「嗯，還請你多關照了。」柏崎拿起手邊的瓶裝啤酒，熟練地爲小山斟酒；而小山也是一副商場老手的姿態。

「呃，所以，」突然開口的是前訓導主任新美，「你現在負責什麼案件呢？」當然，這句話是對著松永說的。這段時間，松永只是默默喝著柳橙汁，傾聽老友的對話。

「有各式各樣的案件呀，尤其是今年，駭人聽聞的案件一起接一起……」

「那椿很有名的新興宗教團體事件，你也是偵辦人員之一嗎？」

「我不確定現在手邊的案子和那個團體有沒有關聯，不過我們目前正在協助偵察這一連串的事件。」

「喔，眞是辛苦你了。」

或許是無法洩漏偵察內容吧，松永有些含糊其詞，即使大家想關切他的工作狀況，總是

---

*1 即Expert System。將某一特定領域專家的知識與經驗建構於電腦上，並使整個系統具有推論能力，能夠提供智慧型的決策與輔助、解決問題，並對求解的過程做某種程度的解釋，亦稱爲「智慧型知識庫系統」。

話不投機半句多。

「不過，眞沒想到你會當上警察呢。」古澤牧子說。

「因爲家父從前也是警察，我很自然選擇了這條路，再者這工作又不受景氣影響嘍。」

他對著柏崎他們一笑。

「唉，眞羡慕你啊。」柏崎說著嘆了口氣。

「眞的這麼不景氣嗎？」大宮問。

「很不景氣啊，擋都擋不住，再加上日圓升値，眞是雙重打擊。」

「嗯，日圓升値眞的打擊很大，老實說，現在就算壓低成本也無力回天了。」小山也沉下了臉。

「根據我們公司的預測啊，今年內會有不少公司倒閉哦。」本原美佐繪又落井下石。

「要是交易能以日圓爲基準換算就好了。」柏崎說：「有些公司眞的是這麼幹的。」

「你說的是京都的M製造廠吧？那家是特例啦。」

「嗯，那一家是特例哦。」川島文香接口道：「那家公司投注了相當多的資金在研發上頭，因此手中握有爲數驚人的專利。他們以產品專利鞏固自家產品的市場，才能以日圓爲基準換算外幣進行交易。」

「他們所有的產品都適用這個標準嗎？」小山問。

「不，應該只有部分產品。」柏崎答道：「他們與交易方好像是採取立約的方式，由雙方分攤日圓升值造成的損失。有時是對攤，有時各自負擔一定的百分比。」

「即使只有部分產品適用就算很幸運了，我們公司是根本不可能採取這種方式交易的。」小山感慨地搖了搖頭。

講到不景氣，學生們頓時陷入一片愁雲慘霧，繼續聊到一些公司營運走下坡的案例，壓低聲音談了好一陣子。柏崎提起某間公司由於衍生金融產品(*1)而慘賠，本原美佐繪則接口道，她們公司正在考慮研發新軟體，協助公司負責人以外的員工掌握衍生金融產品的狀況。

這段時間裡，前教師們只是靜靜地聽著學生的交談。他們既聽不懂談話內容，對話中出現的詞彙也多是一知半解，教師全都顯得一臉鬱鬱寡歡。

古澤牧子認清了一件事，她必須承認，這次的聚會辦得很失敗。自己這群當過教師的，顯然對同窗會的定義有很大的認知錯誤。

教師出席學生舉辦的同窗會，與學生出席教師們的聚會，壓根是兩碼事。由學生舉辦的

*1 即derivative financial instruments，亦稱「衍生金融工具」，以貨幣、債券、股票等基本金融工具爲基礎衍生而來的金融工具，前提是必須有某些金融工具的存在，將這些金融工具視爲買賣物件，價格也由這些金融工具決定。具體而言，衍生金融產品包括遠期、期貨、互換或期權合約等金融工具。

同窗會是起因於緬懷過去，召集活在現下的伙伴聚頭，也就是將「過去」帶進「現在」，包括邀請代表著「過去」的教師出席。然而這次的同窗會卻恰恰相反，前教師們不該將「現在」拉回「過去」的世界。

「嗶——嗶——嗶——」一陣電子聲響打斷了古澤牧子的思緒，是呼叫器。只見松永急急忙忙伸手進上衣內袋，關掉呼叫器開關。

「不好意思，我回個電話。」松永說著走出門外。

「發生案件了嗎？」柏崎低聲說道。

「可能吧。」小山也很納悶。

沒多久，松永回來了，神情頗嚴肅。

「各位，不好意思，我得趕回總部。承蒙老師們的邀請，眞的很抱歉。」

「別這麼說，工作重要嘛。快去忙吧。」新美說道。

「不好意思，那麼我先失陪了。」松永低頭行了個禮之後，找了柏崎到門外，將今天的出席費交給了柏崎。古澤牧子是在最後結帳時，才曉得這幾名學生事先分攤付清了這次同窗會的費用。

「當警察眞的很辛苦啊。」川島文香說道。

「那傢伙還眞的一口酒都沒喝呢。」小山說。

「咦，他不是不會喝酒嗎？」理科教師杉本問道。

「那是因爲啊，」小山將頭髮往後撥了撥，「我們進來包廂前，他交代我不能說的。那傢伙當然會喝酒啊！他是擔心可能會臨時被叫回去出任務，還是別喝爲妙。」

「也是啦，身爲警部（*1）總不能一身酒臭嘛。」本原美佐繪幽幽地說道。

「咦!?他是警部？」新美訝異不已。

「是呀。」

「哼……」新美本想拿起面前那杯已經不冰的啤酒，還是算了，「他大可老實說啊，何必謊稱不會喝酒呢？」

「一定是因爲不想掃大家的興吧。」大宮說道。他的語氣有點寂寥，也帶著些許埋怨。

古澤牧子又察覺，他們這些當老師還忘了一件重要的事——這些學生都是騰出寶貴的時間前來這兒與老師聚頭的。

松永一走，聚會也差不多該結束了。古澤向大家簡短道了謝之後，大夥兒開始準備離席。

*1 日本的警察組織，階級由下往上依序爲巡查、巡查部長、警部補、警部、警視、警視正、警視長、警視監，最高階級爲警視總監，爲警視廳的本部長。

就在這時，包廂門突然猛地被拉開，出現在門口的是一名戴著眼鏡、皮膚白皙的男子。

「哎呀！要散會啦？」男子大聲說道。

「喔……」

「啊……」

「你是……」

古澤牧子清楚記得男子的面容，卻想不起他的名字，能確定的是，這位的確是第十五屆的學生。男子不像松永等人長大了都認不出來，他的樣貌幾乎和高中時一模一樣。

「我是神田。」他說：「神田安則。抱歉我來晚了。」

「喔，是神田啊。你一切都好吧？」大宮的語氣聽起來沒什麼精神。

「是的，還過得去。呃……老師，你們要散會了嗎？」

「嗯，我們都年紀一大把啦。你們好伙伴難得聚在一起，年輕人再去找個地方續攤吧。」大宮說著走向包廂門口，其他的教師也陸續穿上外套。

「你也太晚到了吧！在忙什麼啊？」小山責問神田。

「哎喲，準備運動會快把我忙翻了。」

聽到這句話，所有教師登時愣住。

「什麼運動會？」新美問道。

「嗯，這個星期天我們學校要辦運動會。」
「你……你……呃……當上老師了？」
「是啊，我現在在東巢春高中教生物，我還想趁今天的聚會向各位老師討教討教呢。」
教師們的眼睛瞬間變得炯炯有神。
「這樣啊，你當上老師啦！」
「眞是太好了！」
幾位教師開始脫下外套，而包廂門口正在穿鞋的大宮也旋即回座。
「哎呀呀，那我們再來喝一杯吧！神田，你當老師啦？很好很好！太好了！」
前教師紛紛就座。

超狸貓理論

空山一平上小學前，母親曾帶他回和歌山的鄉下玩。那兒是母親的故鄉，娘家門口掛著「井上酒鋪」的招牌，卻是間民生用品一應俱全的雜貨店。由於位於群山環繞的鄉間，有了這麼一間店，對當地民眾來說眞是幫了大忙。井上家住著一平的外公、外婆、舅舅夫婦和表姊。

一平受到了他們的熱情款待，但他卻待得不甚開心。一方面是表姊大他很多歲，他沒有同齡玩伴；再者一平在都市時，都只在公園玩耍，來到鄉下，一時間不知道該如何親近大自然。

有一天，一平跑去倉庫玩。他並沒有特別想幹嘛，只是因爲大白天的無事可做，又沒有好看的電視節目，爲了消磨時間，他溜進了倉庫。

裡頭是成堆的酒瓶與紙箱，一平無意識地望著這些東西，眼角瞥到有個什麼在動。那個不明物體迅速躲到冰箱暗處。那臺冰箱並非家庭用的，而是上層裝有玻璃窗的營業用冰箱。

是貓嗎？——一平猜想著。那東西的體形和貓差不多大。

一平的視線在小動物的躲藏處一帶梭巡著，卻只看得見一片昏暗。他輕輕敲了敲冰箱，試圖引牠出來。

冰箱後方傳來一聲「啾——」。不是貓或狗的叫聲，那是一平從未聽過的聲音。

一平又敲了幾次冰箱。他一敲，小動物便「啾——啾——」地回應。他想盡辦法要看清楚小動物的眞面目，牠卻始終不肯從冰箱後面出來。

這件事，一平沒有對任何人說。那天晚餐的餐桌上，他問舅舅：「舅舅，這一帶有什麼動物啊？」

喝啤酒喝得滿面通紅的舅舅和藹地答道：「喔，有很多啊。我們這兒有狐狸，也有狸貓哦。」

「咦？有狸貓？」

「嗯，多得是哦。」

「你去後山繞一繞就看得到了，到處都是呢。」一旁的外公也說道。

一平心想，這麼說來，那隻肯定是狸貓了，因爲狐狸的叫聲是「空——」而不是「啾——」

吃完飯後，一平又去了倉庫。他敲敲冰箱，隔沒多久，後頭又傳出「啾——啾——」的聲音，於是他去廚房盛了些白飯放在手心，回倉庫撒在冰箱暗處。

「晚安，小啾。」一平向牠打聲招呼後，離開了倉庫。

一平和小啾的祕密關係一直持續到他回都市前，不過，他從未見到小啾的模樣，只聽過冰箱後方傳出的啾啾聲。他曾經試圖移開冰箱，但那不是一個小孩子獨力搬得動的，可是他又不想告訴大人們這件事，他覺得要是大人知道他在倉庫裡偷養小動物，小啾一定會馬上被抓出來扔掉的。
過了今晚，一平就必須離開這裡了。他又來到倉庫，站在冰箱前，扔了幾粒花生米到後方暗處。
「再見了，小啾。我明天就要回去了，你要保重，小心別被發現哦。」
接著他一如往常叩叩地敲了敲冰箱，明明是最後的道別，卻沒聽到任何回應。他覺得奇怪，正打算再敲看看，這時——
一道小小的影子探出冰箱後方，迅速跑過地板，爬上柱子。倉庫天花板附近有扇敞開的小窗，牠就這麼一口氣衝了上去。
「小啾！」一平大喊。
小動物在窗框邊回過頭看了一眼。四下黑漆漆的，一平只看得到牠的黑色眼眸映著月光閃了閃。
一平連忙跑出倉庫外，抬頭一看，小啾正躍下窗戶。
啊！——他捏了把冷汗，但小啾並沒有摔落，而是順勢輕飄飄地往山的方向飛走了。那飛翔的姿態既不像鳥也不像蝙蝠，一平從未見過那種飛翔方式。
這時一平心裡想的是——啊，狸貓飛走了。他內心早已認定小啾正是如假包換的狸貓。

原先，一平覺得小啾應該是妖精。他想起了卡通《嚕嚕米》（*1），歡樂谷裡住著各式各樣的妖精，而他們的外形大部分是動物，好比主角嚕嚕米就長得很像河馬。

可是嚕嚕米不會飛啊。——一平心想，會飛的應該是蝴蝶妖之類的。

沒多久，一平明白所謂妖精不過是人類幻想出來的。雖然在外國的紀錄中曾宣稱拍到了妖精，遺憾的是，那些照片都是假造的。

那麼，小啾究竟是什麼呢？又不是妖精，爲什麼狸貓會在天上飛？一平不斷地思索，終於，他想到了一件事。

傳說中，狸貓不是會藉由幻術捉弄人類嗎？

還有人說，狸貓能幻化成任何東西。

一平不認爲小啾捉弄了自己，牠絕不會對自己做出那種事的。一平的解釋是，小啾一定是幻化成某種會飛的東西了。

他四處尋找和狸貓有關的民間故事來讀。許多傳說裡，狸貓不是變身就是到處騙人，而

*1 即《Mumin》，芬蘭作家Tove Jansson及Lars Jansson於一九四〇年的創作，描述嚕嚕米一家人與一群各具特色的朋友在森林裡發生的故事，寫成了十三部小說與圖文書，並譯成四十種語言及拍成多部卡通片，登場人物可愛的形象深受歐美日讀者的喜愛。

當中一平最在意的，就是〈文福茶釜〉(*1)的故事。

這起傳說有數個地方版本。群馬縣茂林寺一帶流傳的是，有位叫守鶴的老和尙，他愛用的茶釜是個不可思議的寶物，裡頭盛的熱水取之不盡、用之不竭，而那個茶釜就是狸貓幻化而成。還有一說是，狸貓爲了幫助一對貧窮夫妻，幻化爲金茶釜，讓夫妻變賣給寺廟換錢，可是金茶釜一放到火爐上，熱得受不了的狸貓當場現出了原形。有的版本還有後續的小插曲，描述這隻會變身的狸貓後來被賣到怪奇小屋(*2)，還會表演走鋼索給觀眾看。

文福茶釜走鋼索——一平被這段描述深深吸引，總覺得文福茶釜的故事與飛天狸貓有些類似。

於是，他得到了一個結論——狸貓擁有超能力，而且民間傳說〈文福茶釜〉是眞有其事。這時的一平只是小六生。

後來，空山一平投注畢生精力在這項研究上。

一平的想法是，如果這個假設是正確的，那麼不止日本，外國很可能也存在著關於「狸貓會變身」的傳說故事。

他腦中最先浮現的就是狼人傳說。雖然現下流傳的故事主角是狼，會不會在最初原版的傳說中，主角其實是狸貓呢？他的根據是，兩者都一身毛茸茸的，有可能是爲了增加傳說的恐怖性，狸貓的角色傳著傳著便成了狼。

還有《美女與野獸》的故事中，王子被施魔法成了野獸，那頭野獸也可能原本是狸貓來著。另外《西遊記》也是，登場的大量妖怪幾乎都有著類似野獸的形貌。

一平不斷深入調查發現，世界上有許許多多關於人類變身爲野獸、或是動物變身爲人類的傳說故事，而且故事中那些野獸多是滿身披毛的樣貌，即使全代換成狸貓來解釋，也絲毫不衝突。

調查進行著，某天，一平在希臘神話裡發現了一件奇妙的事。

吸引他目光的不是野獸變身，而是宙斯之子的故事。一平在意的是他的名字——坦塔羅斯（Tantalus）。

一平一直想不透，日本人耳熟能詳的某首聖歌歌詞中出現的「TAN TAN狸貓」一詞，這「TAN TAN」究竟是什麼。平常大家提到貓狗時，並不會特地叫成「NEN

*1「茶釜」爲日本茶道道具之一，即燒水用的鐵鍋。「文福」二字爲形容水開時發出咕嘟咕嘟聲響的擬聲字。亦名「分福茶釜」。

*2即「見世物小屋」，江戶時代流傳至今，於廟會等祭典中盛行的展示空間，綜合馬戲團、美術館、動物園、鬼屋等元素，展示如蛇女、雙頭犬等奇奇怪怪的物件供遊客欣賞。

NEN貓咪」或「INNINN狗狗」(*1)啊?

在查閱到坦塔羅斯的名字時,一平有了個假設——這「TAN TAN」很可能正是出自「Tantalus」的轉音。他會這麼大膽假設是有根據的。

坦塔羅斯是小亞細亞的一國之君,因爲冒犯了神,被打入冥界承受永生的飢渴之苦。懲罰的方式是,將坦塔羅斯浸在地獄之水裡,水深及下巴,但當他口渴想喝水時,水卻會頓時退去,讓他無法喝到。

這不正是〈文福茶釜〉的相反版本嗎?一廂是熱水取之不盡、用之不竭的文福茶釜,另一廂則是水深及下巴卻怎麼都喝不到的地獄之水。當事物呈現極端的兩面時,換個角度解釋就是——兩者必有關聯。

如此這般,一平對於「超能力狸貓論」的信心愈來愈不可動搖,但他仍覺得立證不夠完美。因爲照理說,應該還有更多目擊飛天狸貓的情報才是,但一平幾乎查不到這一類的紀錄或傳說。

抱著這個疑問多年,直到讀大學時,一平終於找到了答案。恍然大悟之餘,他很懊悔自己爲什麼這麼晚才察覺這件事。

其實,許多人都看到了飛天狸貓,目擊者要多少有多少,只是這些目擊者都沒發現他們看到的是狸貓罷了。

而啓發他這個驚人假設的，就是喬治・亞當斯基（*2）。

書籍插圖上的「亞當斯基型ＵＦＯ」，一平怎麼看都覺得和古代繪本上的文福茶釜沒兩樣，差別只在於ＵＦＯ上頭沒有露出狸貓的臉或四肢，但在飛行時縮起頭與四肢是很合理的。

再者，根據眾多的ＵＦＯ目擊證言所畫出的各式ＵＦＯ，基本上都與文福茶釜的外形相去不遠。畫中ＵＦＯ上頭那些類似窗戶的裝置，應該是茶釜身上的裝飾花紋吧；而且這些ＵＦＯ頂端都有個突出物，很可能正是茶釜蓋的把手。

這下子一平非常肯定了——沒錯，ＵＦＯ就是文福茶釜！

他想像了一下狸貓化身茶釜翱翔全世界夜空中的情景，多麼可愛！多麼夢幻！而這些飛天狸貓當中，肯定也包括了小啾。

可是，也有一些不利於他這個論點的說詞。歐美的ＵＦＯ研究組織言之鑿鑿地認爲，大多數的目擊消息都是目擊者的錯覺或是看錯了。他們以電腦分析那些聲稱是拍到ＵＦＯ的照

---

*1 日語「狸貓（ＴＡＮＵＫＩ）」的第一個音節爲ＴＡ，「貓」爲ＮＥ，「狗」則是Ｉ。

*2 George Adamski（1981-1965），波蘭裔美國人。聲稱自己拍攝到來自外星球的太空船，還曾與外星人一同飛行，以此名聞幽浮學界，自認是「哲學家、導師、學生以及飛碟研究員」。

片，也分析了目擊時點的天體移動與飛機起降飛行狀況，得到的結論是，百分之九十五的目擊消息都是誤認。

不過，一平很快便振作起來。百分之九十五是誤認，那就表示，有百分之五不是誤認。世界上有多達一千萬人聲稱親眼目擊到UFO，那麼百分之五就是五十萬人了，多麼驚人的數字！這表示這麼多人都曾見過飛天文福茶釜呀！

一平徹底調查所有關於UFO的文獻，發現UFO研究學家的意見分爲兩大派：一派主張那是某種不明物體的交通工具，另一派則堅持所有目擊情報全是誤認。

每當看到這些論點，一平都覺得很不可思議，爲什麼沒人發現呢？那些研究學家當中也有日本人啊，難道他們沒聽過〈文福茶釜〉的故事嗎？

某天，一平又有了新發現，是關於「狸貓」這個名詞的語源。

他發現，日文中「狸貓」的語源，竟然是來自英文！

他的靈感來自UFO的目擊證言。數則證言的用詞中，不約而同出現了「旋轉」或「迴轉」的形容。

以英文來說，就是「TURN」。

一平腦中靈光一閃——這個字的發音很像日語的狸貓「TANUKI」。他繼續調查下去，首先看到「狸貓」的英文「RACOON DOG」，「RACOON」意指浣熊，也可簡稱「COON」。接著一平試著將這些單字排列如下：

TURNING COON（旋轉的浣熊）

他感動不已。將這個詞念快一點，多麼像日語的「TANUKI」呀！從前從前，肯定有些英美人曾目擊以文福茶釜姿態在天空旋轉的狸貓，當場大喊道：「TURNING COON！」之後這軼事輾轉流傳到了日本，就衍生出「TANUKI」這個詞了。

此外，「COON」還有「狡詐的傢伙」之意，這正暗示了，歐美人也曉得狸貓是會捉弄人類的。

一平對自己的論點愈來愈有自信，在三十歲那年，終於出版了第一本書。這本值得紀念的處女作《UFO其實是狸貓》，一上市立刻蔚爲話題。

《星期天神祕檔案》的主持人介紹兩位來賓之後說道：「那麼，我們現在就請主張『UFO乃外星人的交通工具』的大矢眞先生，針對空山一平先生的『UFO乃是狸貓』一說提問。大矢先生，您想先從哪個部分切入呢？」

「首先呢，」個頭不高的大矢傾身向前，一臉咄咄逼人的神情，「我想請教空山先生怎麼會提出這種蠢論點，請問依據何在？」

「第一個依據是民間傳說。我認爲，傳說故事〈文福茶釜〉其實眞有其事，茶釜走鋼索正暗示著狸貓在空中飛翔。第二個依據是，目擊者所描述的ＵＦＯ樣貌與茶釜外形一模一樣。」

「胡說八道，我從沒見過狸貓會飛的。」

「嗯，關於這一點，我想有必要說明一下。其實狸貓大致分爲兩種，一種是『一般的狸貓』，另一種則是『超能力狸貓』。我的論點中所指的是後者，牠是會飛的，我小時候曾親眼見過。」空山一平說著這段話時，眼中滿溢著難以言喻的懷念之情，而電視攝影機牢牢捕捉了這畫面。他繼續說道：「而且呢，大矢先生您方才說您沒見過飛天狸貓，但您在許多著述上曾提過，您親眼見過飛行中的幽浮，對吧？其實那全是變身爲文福茶釜的狸貓。」

「你、你在說什麼!?我看到的是ＵＦＯ！」

「不，您沒聽懂我的意思，」一平仍是老神在在，「所謂ＵＦＯ，就是『不明飛行物體』吧？換句話說，就是尚未確認究竟爲何物，而我方才就是告訴您，ＵＦＯ的眞實身分正是狸貓。」

「我看到的是外星人的交通工具！」大矢猛地敲桌子。

一平怔了怔。

「您說……外星人嗎？」

「沒錯。」大矢大大地點了個頭。
「爲什麼您覺得是外星人呢？您親眼見過嗎？」
「我個人是沒親眼見過，但外星人的目擊者多不勝數，還有許多照片爲證。」
「請問是什麼樣的照片呢？」
「現在提問的人是我好嗎？」大矢說著，立起一旁的兩枚說明板，「譬如這張，還有這張。」
兩張照片拍到的，都是個頭矮小、沒有體毛、以雙腳行走的奇妙生物。一張是一個不明生物走在宛如岩山地帶的地方，另一張則是被左右兩名高大的白人男士抓住兩手的不明生物。
但空山一平絲毫不爲所動，只說了句：「喔，這幾張啊。」接著拿出自己準備的說明板，上頭竟是和大矢亮出來一模一樣的照片。「我也覺得這些照片是非常重要的證據。」
「爲什麼這兩張照片足以佐證你的論點？」大矢挑著眼問道。
「因爲，」一平笑道：「這些全是狸貓啊。」
主持人和助理當場張口結舌，而大矢不知是否一時間無法意會過來，愣了幾秒之後才脹紅了臉說道：「開什麼玩笑！這哪裡像狸貓了？連一根毛都沒有耶！」
「其實啊，」一平不疾不徐地說道：「狸貓是會換毛的。」

「換毛？」

「這些飛天狸貓雖然具有超能力，畢竟是獸類，還是會換毛的。像照片上的狸貓呢，如各位所見，毛掉得一乾二淨。而且，在毛掉光的狀態下，相當於失去了保護色，尤其容易被人類發現。這也就是爲什麼所有這類的目擊照片，上頭的不明生物都是這副光溜溜的模樣。」

「證、證據呢？」大矢講到口水都噴出來了，「你說這是狸貓，拿出證據來呀！」

「很遺憾，我並沒有物證。但是大矢先生，有一派說法，認爲這些目擊照片都是假造的，照片上的不明生物其實是被剃光毛的猴子之類的小動物。」

「哼，就是有些人思考方式這麼扭曲。」

「那麼，假設照片並非假造，而是實際拍到了自然脫完毛的小動物呢？這麼一來就等於爲我的說法背書了。」大矢的嘴角頻頻抽動，然而一平仍自顧自地繼續說：「關於狸貓會換毛的說法，我找到了一個佐證，而且同樣是出自日本民間傳說，那就是大家很熟悉的河童。」

「河童和狸貓完全是兩種不同的生物吧。」

「乍看之下的確如此，但是，若將河童視爲狸貓完全脫毛後的姿態，許多疑點都得到解釋了。首先，請想想河童背殼的模樣，根本就是個茶釜。這說明了脫毛後的狸貓一旦幻化成文福茶釜，其呈現的樣貌便是河童。所以我們也可以說，ＵＦＯ的真實面目就是河童。再看到河童頭上那獨特的圓盤，由於與人類男性掉髮後的模樣極爲類似，足以證明河童正是處於脫毛的狀態。」

「河童本來就是外星人呀！」大矢大喊，「他的背殼是氧氣筒，嘴巴則是氧氣罩！」

「是嗎？」一平問道：「那爲什麼外星人要特地跑來地球住在荒涼的池塘裡呢？」

「我怎麼知道，大概是爲了調查人類世界吧。」

「空山先生，請問一下，那狸貓又爲什麼要住在水池裡呢？」主持人開口了。

「當然是有道理的。超能力狸貓也有種類之分，當中包括了水棲類。爲了讓水棲與陸棲有所區分，我稱水棲的爲『超能力水獺』。」

「水獺……嗎？」出乎意料的回答，主持人不由得傻眼。

「一如狸貓的狀況，水獺也區分爲『一般的水獺』與『超能力水獺』兩大類。人們將脫毛後的超能力水獺稱爲河童，這個稱呼並無不妥。因爲在我國民間傳說中，水獺棲息在水底做壞事、學人話騙人、將人拖到水裡，這與河童傳說有部分相同之處，與『狸貓會捉弄人』的傳說更是完美地相互呼應。」

主持人瞪大雙眼，滿臉佩服；一旁的女助理也頻頻點頭贊同。看到這情景，大矢驚覺自己居於劣勢，連忙抓住麥克風說道：「那以雙腳步行這點又如何解釋？目擊者描述的外星人全都是以雙腳行走的哦！這和傳說中描繪的河童行走模樣是一樣的！」

空山一平依舊穩如泰山，「您見過狸貓擺飾嗎？全都是以雙腳站立的，這代表古時候的人早曉得部分狸貓會以雙腳行走了，而那些就是我所說的『超能力狸貓』。」

大矢站了起來，「照你這種說法，全天下的東西都是狸貓了！什麼『超能力狸貓』嘛！抬出這種天曉得是否存在的玩意兒，你當然大可自圓其說！」

「自稱擁有超能力的人多到不計其數，那麼，若說世界上存在『超能力狸貓』，也不是不可能吧。再者，您不也提出了無法證明其存在的不明生物嗎？」

「外星人是存在的！」大矢開始亂了陣腳，「這一點已經得到了鐵證，許多人都見過外星人，有些人甚至和外星人有所接觸，體驗了一些不可思議的遭遇！」

「哈哈哈，您是說有人被帶到外星球，或是被施行奇妙的手術？」

「沒錯。」

「哈哈哈。」一平笑了，「那些全是狸貓搞的鬼啦。」

廣告回來，辯論繼續。

「我想換個切入點請教一下。」大矢稍微冷靜了點，拿手帕擦了擦嘴角說道：「我大致了解你想說的了。但是，你覺得你的『ＵＦＯ乃是狸貓』一說能夠解釋一切嗎？」

「我認爲可以的。」

「那麼，好比『人體自燃』，或是『動物離奇死亡事件』（cattle mutilation）——也就是動物部分肢體遭利刃般的東西切除，這你又作何解釋？這些現象都與ＵＦＯ有著有密不可分的關係，麻煩你解釋一下好嗎？」

聽到這番話，一平首度面露遲疑，微微低下了頭。大矢見狀，乘勝追擊又追問一句：

「無法解釋嗎？」

一平抬起頭來，「不瞞各位，我很不想談論這部分，因爲這麼一來，我不得不將我心愛的文福茶釜的缺點攤在陽光下……。我相信，會如此爲非作歹的狸貓只是極其少數……」

「空山先生、空山先生，」主持人打斷一平的話，「您想說的是？」

「喔，抱歉。」一平乾咳幾聲，「好吧，事到如今，我只好坦言一切了。很遺憾地，無論人體自燃或是動物離奇死亡事件，毫無疑問都是狸貓搞的鬼。首先關於動物離奇死亡事件，我也曾詳細調查此現象，發現與其說是『被利刃切除』肢體，應該說是『被吃掉』較貼切，通常被吃掉的都是眼睛、睪丸、舌頭、嘴唇這些體表較爲柔軟的部分，當然內臟也是。在我的理解是：狸貓乃肉食性動物，而且非常貪吃。我看到那些離奇死亡的牛隻屍體的模樣之後，我非常確定，那毫無疑問正是狸貓所爲。」

一平說完後，現場所有工作人員紛紛點頭贊同，或許是想像到狸貓啃食牛隻屍骸的景象，並不覺得有什麼不合理之處吧。

「那、那人體自燃呢？」大矢頓時焦急了起來。

「這部分比較複雜一點，簡單講就是……」一平頓了頓，說道：「狸貓是會噴火的。」

攝影棚內一陣騷然。

「呃，空山先生，您說『狸貓會噴火』是指……？」主持人連忙問道。

「狸貓體內能產生數種瓦斯，其中一種就是沼氣，人類的屁也屬於沼氣。當沼氣從狸貓肛門噴出時，經由某種方式點火，便會如火焰噴射器般噴出火來。」

現場人們一副恍然大悟的神情。大家都曉得人類的屁是可燃的，因此這說法並不難理解。

「而這個現象在日本，自古以來便廣爲人知，在其他國家也有類似的傳說。日本人稱之爲『狐火』(*1)，我想應該是在某個機緣下將傳聞中的噴火狸貓換成狐狸了吧，搞不好是古人開的小玩笑呢。」

「牽強附會！」大矢再度重重地朝桌子一拍，桌上的果汁杯都被震倒了，但他只顧大吼：「你只是牽強附會而已！所有事情都拉到對自己有利的方向去！」

「我呢，」一平說：「我一直是抱持著向您以及眾多超自然現象研究學家學習的態度。」

大矢瞬間啞口無言，愣了一會兒，他伸手指向一平說道：「那你倒是說說看啊！狸貓是怎麼飛上天的？牠的飛翔機制是什麼？」

「好的，請讓我來爲各位說明。」一平點點頭道：「但是，在我說明之前，我也想請大矢先生解釋一下，如果UFO眞的是太空船，那麼太空船的飛行機制又是什麼呢？」

「哼，這還不簡單。太空船是靠反重力起飛的！」

「反重力？」

「沒錯。」大矢得意洋洋地挺起胸膛說道。

「請問什麼是『反重力』呢？」

聽到一平的質問，大矢露骨地擺出一臉對外行人不耐的表情回道：「就是抵消重力的力量啦，所以才能浮在空中啊。」

「我想請教的是，那個『反重力』的詳細運作機制是什麼呢？」

大矢的眼神瞬間閃過一絲退縮之色，「那、那是外星人以他們的超高度文明製作出來的，我們人類怎麼會了解。」

「也就是說，您並不清楚太空船的飛行機制是怎麼回事嘍？」

＊1 即「鬼火」，在冬末初春時節的夜晚，山野常會出現奇怪的青色火焰，日本相傳那是狐狸嘴巴噴出的火。

「我很確定，絕對是利用反重力機制進行飛行，因為與外星人接觸過的目擊者都是如此描述的。」

「喔？是這樣啊。」

「話說回來，你還沒解釋狸貓是如何飛起來的吧？無法解釋嗎？」

「當然可以。原理其實不難。」空山一平看了一眼攝影機，繼續說道：「我剛才也說過，狸貓體內能產生數種瓦斯，其中一種便是氦氣。據我的推測，那些氦氣應該是經過強力壓縮，縮小體積後，儲存在類似肺部但更進化的器官裡。當狸貓變身為文福茶釜時，那些氦氣便瞬間解放。應該很多人都見過鼓著大肚皮的狸貓擺飾吧？那就是狸貓腹中充滿瓦斯的模樣。一旦肚子鼓脹得像氣球般，肚內滿滿的氦氣當然會讓整隻狸貓浮上天。機制就是這麼簡單，狸貓接下來只要從肛門噴出瓦斯就能夠前進了。」

「原來如此。」主持人盤起胳膊道：「這樣確實是飛得起來呢。」

「不過不會有點臭嗎？」女助理微微皺起了眉。

「妳說到重點了。」一平答道：「會排出瓦斯的不止超能力狸貓，一般的狸貓或是狐狸、黃鼠狼、臭鼬都會放屁。然而超能力狸貓的屁，在某些狀況下，可不只臭而已。」

「能請您詳述一下嗎？」主持人問。

「有時超能力狸貓排出的氣體中，會含有幻覺瓦斯。目前還不清楚超能力狸貓會在什麼狀況下排出這種氣體，但人類若不小心吸入體內，就會產生強烈的幻覺，甚至會誤以爲自己經歷了一些奇妙不可解的事。」

「也就是俗稱的『被狸貓騙了』嗎？」女助理微笑著說道。

「正是如此。」一平也報以一笑。

「眞是蠢到家了！」大矢兩手用力拍向桌子，站了起來，「你們幹嘛這麼認眞聽他鬼扯？這些話能信嗎！UFO……我們那麼珍視的UFO……怎麼可能是什麼狸貓！什麼文福茶釜！這、這是絕、絕對不可能的！」他一副快哭出來的模樣。

看到大矢激動得不能自己，一平只是默默望著大矢等他平靜下來。好一會兒之後，一平拿出幾張照片站了起來。

「大矢先生，請看看這些照片。第一張就是知名的『麥亞UFO』。您也製作過這起事件的相關節目，一定很清楚吧？這是居住在瑞士鄉間的愛德華・比利・麥亞(*1)在一九七五年六月十二日上午十點半左右所拍下的。」

那張照片是站在高臺上以俯角拍攝，照片中央有個類似寬緣帽的物體浮在空中。

*1 "Billy" Eduard Albert Meier（1937-），聲稱曾與外星人接觸，拍下千餘張飛碟及其他星球照片、錄影帶，寫下涵蓋天文考古科學各層面的數百萬字論述，其拍攝下來的「麥亞UFO」（Meier UFO）至今眞僞未明。

「您應該也曉得，這張照片經過科學家徹底分析後，發現了數個疑點，其中最受質疑的就是，據拍攝者麥亞說，該ＵＦＯ的直徑約有七公尺，然而科學家依據照片計算出它的大小卻僅有二十五公分。根據這個矛盾，科學家直言這張照片是假造的，但我並不這麼認爲。當時的確出現了直徑二十五公分的ＵＦＯ，再者文福茶釜狸貓也差不多這個大小呀。而麥亞大概是吸入了幻覺瓦斯，才會誤判了ＵＦＯ的尺寸。」

一平又亮出幾張照片。

「這些ＵＦＯ照片，全都取自大矢先生您的著作，而且全被研究學界研判爲人爲的造假照。學界認爲，拍攝者只不過是將小小的模型往空中拋，看準時機拍下模型在空中的瞬間罷了。但我怎麼都無法接受這種說法，因爲這些拍到的全是狸貓！全是文福茶釜！而最能夠證明我的論點的，就是這一張。」

一平說著抽出一張照片，照片上是架扁平的飛碟飛過屋頂，飛碟頂部有個明顯的黑色突起。

「專家們認爲這張照片使用了非常陽春的造假手法，因爲只要放大來看，就會發現這東西很明顯是個鍋蓋。我看到這段言論，眞想叫他們張大眼睛給我看清楚，這明明就是文福茶釜吧！既然是茶釜，當然看得到鍋蓋呀！大矢先生，請與我一同奮戰，我們一起讓那些腦袋不清楚的學者們刮目相看吧！」

一平走近大矢，緊緊握住他的手。

然而大矢只是睜著恍惚的雙眼說不出話。

錄影結束後，空山一平回到他位於和歌山的住處。

他在母親娘家附近蓋了棟房子，目的當然是爲了研究文福茶釜，而且他也想有機會的話能再見見小啾。

一回到房間，一平立刻打開錄影機查看。他在後山架了臺攝影機，每天拍下森林裡的動靜，目的是爲了拍到飛天狸貓，但至今尚未成功。

他仔細地看著今天拍下來的影像。

依然不見狸貓的蹤影。

看得到的，只有偶爾橫越畫面的飛鼠……

無人島大相撲轉播

我在客房電視機前看著大相撲實況轉播賽，畫面突然變成滿螢幕的雪花雜訊。

「拜託！幫幫忙好嗎？現在是怎樣！」

躺在床上的我只得爬了起來，亂按電視開關等按鍵，畫面卻完全不見起色。

這時，剛沖完澡的惠里子一身浴袍扭著腰性感地走了過來。

「哎呀！電視怎麼了？」

「我也不知道，應該不是衛星轉播出問題吧。可惡，今天的最後一組是貴田花對武藏磨，比賽就要開始了啦！」

「眞的假的！阿貴要上場？爛電視，快點恢復正常啦！」惠里子重重敲著電視機側面。

「笨蛋，妳想把電視敲壞啊？」

「哼，我老家的電視機只要這樣敲一敲就會好了。」

「這裡可是豪華郵輪裡耶，別拿妳老家的破銅爛鐵來比——」

「啊，好了。」惠里子說道。

電視畫面正常顯示了沒幾秒，又發出沙沙聲響映出一螢幕的雜訊。

「討厭！」

惠里子繼續敲打電視機側面，我也索性跟著她一起敲。這麼一來，雜訊偶爾會消失，但正常畫面維持的時間並不長。

「可惡，破電視！」我嘖了一聲。
「阿貴的比賽要開始了啦！」
「我們去大廳看吧。」
我們連忙換上衣服走出客房。
大廳電視機前有兩名男人，一名是叼著雪茄的矮個兒中年男，一身行頭頗氣派；另一名身形瘦削，坐在電視機正前方，盯著螢幕的眼神異常認眞。我和惠里子在一旁的沙發坐了下來，但那個瘦子剛好擋到我們看電視。
「喂，你擋到電視了啦，麻煩移開一點好嗎？」我開口了。
瘦子依然動也不動。我正想開罵，矮子朝我們走來，臉上掛著詭異的微笑。「你跟他說什麼都沒用啦，他現在正全心全意沉迷在相撲世界裡呢。」
「我們也是相撲迷啊！」我忍不住抗議。
矮子依然淺淺笑著，搖了搖頭道：「那人不是一般的相撲迷哦，他是日本最權威的相撲博士——德俵庄之介先生。」
「咦？他就是德俵先生!?」我嚇得瞪大了眼。
舉凡相撲相關的一切，德俵博士可說無所不知、無所不曉。據說這人不但熟記古今相撲力士的資料，甚至完整地背下了過去每一場比賽的內容。

「你看，他好像在念著什麼耶？」惠里子問我。

的確，德俵從剛剛就直盯著電視喃喃自語。

「喔，那是他的老習慣。」回答的是矮子，「德俵先生原本是相撲播報員，負責報導比賽實況，可是由於太過沉迷相撲，後來被開除了。即使到現在，他只要看到相撲比賽，就會像那樣喃喃念個不停，不過他本人並沒意識到就是了。」

「喔——果然是狠角色。」

我不禁望向德俵，與其說是對他感到肅然起敬，我其實是心裡覺得很毛。這人似乎完全沒聽見我們的談話，一逕對著電視螢幕低語著。

我們所搭乘的郵輪從日本出發，預計行經東南亞之後抵達印度。郵輪內部媲美豪華飯店，不但有精品店與餐廳，賭場、健身房和游泳池一應俱全。途中每當暫時停靠港口，乘客還可以下船觀光，盡情大啖當地美食，是一趟舒適得無從挑剔的郵輪之旅。

我父親上個月剛過世，由我繼承公司。於是當作提前慶祝我就任社長，我帶著女友惠里子報名了這次的郵輪之旅。

晚上，我和惠里子前往酒吧喝酒，又遇到那位矮子和德俵先生。彼此介紹時，矮子說他叫谷町一朗，是某知名旅行社的老闆。

「旅行社老闆與相撲博士，好特別的組合呢。」我看看谷町，又看看德俵。

「是啊。不瞞你說，我正在規畫一個行程。不是有所謂的『大相撲海外公演』嗎？我計畫舉辦『大相撲海上公演』，換句話說，我想在這艘郵輪上設置土俵（*1），在爲期十五天的航程中，完成一場所（*2）的公開演出。」

「好棒的計畫！」我的眼睛爲之一亮。

「所以我這次是來做事前勘查的，特別請來德俵先生擔任顧問陪我走一趟。」

「原來是這樣啊。」

我說著看向德俵。即使我們談到他，他仍毫不在意我們的談話內容，只是茫然地望著斜下方，視線游移著。

惠理子開口問德俵：「噯，聽說你記得所有的比賽內容，是眞的嗎？」

德俵的那雙死魚眼霎時亮了起來，他緩緩抬起眼望著惠理子。

「你們就儘管問吧！」谷町從旁插嘴道。

*1 土俵：相撲力士的比賽場地。

*2 場所：決定相撲力士的地位與薪資的正式相撲比賽稱之。日本相撲協會每年共舉辦六場「本場所」比賽，每場比賽爲期十五天，包括一月的「初場所」、三月的「春場所」、五月「夏場所」、七月「名古屋場所」、九月「秋場所」以及十一月的「九州場所」。

「好。那麼……」惠里子抿著嘴思考了片刻，問道：「三年前，在名古屋場所舉辦第十天的賽事中，千代之藤的對手是誰？比賽是誰贏了？」

德俵先是闔上眼數秒，突地張開眼睛，旋即連珠砲似地開口了：「比賽開始了！賽程進入第十天的最後一組比賽，千代之藤對上年輕黑馬——角櫻！角櫻能夠不抓千代的腰帶，自始至終靠著手掌推擊進攻得勝嗎!?據說千代之藤本次採取的戰術是盡速抓到角櫻的前腰帶奪標！現在雙方同時蹲低身子，行司（*1）下指示開戰了！兩人直起身子！開始了！角櫻使出全掌推擊！千代使勁拉住角櫻的手臂，角櫻仍繼續推向千代！千代攻近身，手碰到角櫻的腰帶了！角櫻閃開了！千代前推，角櫻撐住了！千代再推！再推！角櫻被逼出場外——！」

德俵一口氣說了一長串，最後平靜地補了一句：「千代之藤漂亮地以全身逼擠（*2）將角櫻推出土俵獲勝。」

我和惠里子聽得張口結舌，而德俵又恢復了那副無精打采的模樣。

矮子谷町輕笑著說道：「德俵先生腦中記住的每一場比賽，都是他一邊轉播一邊背下來的，所以一旦要他將記憶說出口，他只會以這樣的形式敘述嘍。」

「我覺得好像在聽收音機……」

「沒錯，他有個外號就叫『收音機男』。」

「真的假的！」我和惠里子同聲驚叫道。

那一夜，我們倆正在雙人床上相擁，警鈴突然大作，緊接著傳出船內廣播說郵輪發生火災，我們倆赤條條地連滾帶爬下了床。

「快穿上衣服！再不逃船要沉了！」

「我不要死啊——」惠里子都快哭出來了。

我們抓了隨身貴重物品便奔出房間，走廊上滿是陷入恐慌的旅客。我和惠里子還沒搞清楚狀況，很快便被捲入人潮中。

回過神時，我們已經坐上救生艇在海上漂搖，海面上還有許多救生艇，而直到剛才仍是我們享樂天堂的豪華郵輪，如今就在眼前被火焰吞噬，沉入漆黑的大海。

後來不知過了多久，我們的救生艇漂抵岸邊，這兒似乎是座無人島。

「我們先在這裡等待救援吧！」郵輪的輪機員對著上岸的十多名乘客說道：「救援隊應該已經出動了。」

「但又無法保證救援隊馬上就會找到我們啊。」開口的是谷町。

---

*1 行司：相撲儀式執行者兼裁判員。

*2 全身逼擠法：「寄り切り」，取勝招式的一種。抓住對手腰帶，將對方弄到場外。

原來他和我們搭上了同一艘救生艇。我往旁邊一看，德俵也在。

「只要救援隊來到近處，我們就能透過攜帶式無線電取得聯繫。雖然搜索需要一段時間，最遲應該三、四天就會找到我們了。我們備有很多緊急存糧，請大家放心吧！」輪機員樂觀地爲大家打氣。

緊急存糧分配下來了。輪機員口中「很多」的存糧，不過是些飲用水和低卡口糧。我很懷疑吃這點東西究竟能夠撐幾天，但抱怨也無濟於事，我們能做的唯有吃著這些存糧等待救援。

然而，枯等的時間相當難熬，我們手邊既沒有收音機也沒有書。第一天，大家勉強撐過去了；但到了第二天，所有人開始焦躁了起來，甚至有人明目張膽地對惠里子毛手毛腳，我一直坐立難安。

第三天早上，我一覺醒來，發現大家都聚到一處。走近一看，大家正圍著德俵庄之介。

「接下來，由橫綱（*1）泰鵬對戰小結北之藤！兩人對視擺出蹲踞（*2）姿勢。本場比賽的行司是武守伊之介。好，雙方直起身子了！北之藤雙掌推向泰鵬的胸口，緊接著下手雙插臂！泰鵬沒能取得上手（*3）！北之藤從右側插臂反挾強壓！泰鵬稍稍閃身，往北之藤的手抓去……取得上手了！同時抓住了腰帶！北之藤頭部著地！」

「這是在幹嘛？」惠里子問我。

「我沒聽過叫『太胖』和『背眞疼』的選手耶。」

「泰鵬和北之藤是二十年前的力士。我看德俵好像正在背誦當時的轉播實況耶。」

德俵繼續講得口沫橫飛，「看來這會是場漫長的比賽！北之藤試圖避開泰鵬的下手（*4），採取半蹲姿勢應戰。泰鵬取得上手了，是的，他不斷拉扯北之藤的腰帶。啊！北之藤突然跨進一步，一口氣推了過去！泰鵬拚命撐住，順勢抓住北之藤兩側的腰帶。北之藤繼續推擊，哇！泰鵬！離地了離地了！泰鵬被攔腰舉起！他被舉起來啦！摔出去了！哎呀！兩人雙雙跌出土俵外！軍配（*5）指向泰鵬！指向泰鵬！有爭議嗎？沒有！沒有爭議！泰鵬使出大絕招後仰側摔（*6）反敗爲勝！」

---

*1 力士的位階由低至高爲：序之口、序二段、三段目、幕下、十兩、前頭、小結、關脅、大關、橫綱。前五級統稱「幕內」。

*2 蹲踞：力士的基本姿勢之一。以腳掌尖著地，雙膝外張穩腰並將雙肩放鬆後，將手放在膝蓋上，爲取得平衡，上身必須挺直以維重心。此舉乃表示尊重對手之意。

*3 上手：對方身子外側的手。

*4 下手：插入對方腋下的手。

*5 軍配：行司拿的團扇，等於裁判用的旗子。勝負分曉時，行司會將團扇舉向勝者。

*6 後仰側摔：「うっちゃり」，取勝招式的一種。被逼至邊界的一方看似會輸時，及時抓住對方力士的腰帶，利用對方的力量讓自己身體後仰，扭向下手側將對方丟出場外，爲特殊反敗爲勝的招式。

「喔——」在場的人無不發出驚歎，接著掌聲響起。

「今日的比賽結果出爐了！先來宣布幕內的戰績，白黑山對砂嵐，砂嵐以體重壓倒（*1）招式勝出！鐵板山對上骨川，骨川使出踢腿拉臂（*2）得勝！岩石岳對上山本山一戰，則是由……」

就在德俵即將報出比賽結果時，谷町忽然跳出來說道：「呃，各位，我們將在三十分鐘後轉播第二天的賽程。下一場開始，想繼續收聽的人請付給我一塊餅乾做為收聽費。」

當下怨聲四起。

「哪有這種事？」

「就是啊！」

谷町嘿嘿地笑了。「在這種鳥不生蛋的無人島上，各位還有幸聽到毫不遜於收音機的相撲轉播，只收取這麼一點代價，不算過分吧？」

待眾人散去後，我過去找谷町，「虧你想得出這招。」

谷町輕戳了戳額頭說：「腦袋不用是會生銹的。我們不知道還要困在這裡幾天，得多儲備些糧食才行。」

「原來如此啊。不過話說回來，你為什麼要德俵播報年代那麼久遠的比賽呢？」

「如果播報近幾年的比賽，只要平常稍微留意相撲的人，可能還記得比賽結果；但如果是二十多年前的賽事，壓根不會有人記得呀。……對了，這位小姐，請不要隨便和德俵聊天哦。」谷町警告惠里子，「德俵已經和我簽約了，聽他播報相撲是要付費的。」

「咕，小氣鬼。」惠里子噘起嘴。

「二位還想聽的話，三十分鐘後拿食物過來吧，我會爲你們保留貴賓席的。」谷町搓著手說道。

漂流到無人島的第五天，透過無線電，我們終於與救援隊取得聯繫了，然而由於海象不佳，救援隊還要一段時間才能抵達島上。

原本在這種情況下，我們這群落難遊客應該會焦慮到不行，多虧德俵救了大家。

德俵的轉播簡直就是收音機廣播。他那副模樣，不只是把背在腦子裡的實況照念出來，我們聽著聽著，甚至覺得他身體某處裝有天線，正將接收到的實況報導電波，透過收音機喇叭播放出來。

*1 體重壓倒：「浴びせ倒し」，取勝招式的一種。體形較大一方將體形較小一方徹底攻到場邊，將自身的體重施加於對方身上，設法罩壓在對方上面，順勢使其倒地。

*2 踢腿拉臂：「けたぐり」，取勝招式的一種。當對手起身前撲，企圖以低姿勢衝出時，看準即將撞上的一刻向旁跳開，同時用力踢對方腳內側、拉對方手臂將其拖近身邊，使對方絆倒。

每個本場所賽程爲期十五天，而德俵報導一整天的賽事需要三十分鐘左右，中場休息三十分鐘後，再繼續報導，大致維持這樣的步調播報，因此我們能夠在十四個小時半之內聽完一場所的賽事。現在這個「無人島場所」的大相撲報導可說是我們唯一的娛樂了。

「啊，岩石岳取得上手了！他使勁想將對手北之藤抛摔出去，但北之藤也全力撐著！」

「上啊，岩石！把他摔出去！」

「北之藤！撐住啊！」

好幾場賽事聽下來，大家愈來愈當德俵是一臺收音機，也開始有了各自支持的力士，甚至有人邊聽播報邊出聲加油，而且奇妙的是，這樣的畫面一點都不突兀。

「北之藤也使出下手應戰！喔，這是一場抛摔攻防戰！啊，岩石的膝蓋碰地了！一記下手拉帶過腰摔（*1）！北之藤以下手側身抛摔勝出！」

「幹得好啊！」

「可惡！」

有人高喊萬歲，也有人大失所望，現場完全就是一群人在收聽收音機大相撲實況轉播的景象。

我聽得正入迷，忽然有人戳了戳我的側腹。我轉頭一看，那位輪機師笑嘻嘻地看著我說：「要不要拿兩塊餅乾來賭下一場比賽誰贏？我賭筋肉山。」

生性好賭的我立刻答應了，「好！那我賭肉彈川贏！」

比賽開始，肉彈川被筋肉山提出場外（*2）落敗。

「可惡！今天真背！」我將兩塊餅乾遞給輪機師。

沒多久，大家紛紛開始下注。我和惠里子都賭了幾局，但我們倆的直覺似乎都不太準，手邊的存糧眼看著愈來愈少，終於，我們倆的存糧加起來只剩半天份了。

「怎麼辦嘛！這樣我們一定會餓死的！」

「不用妳說我也知道啊，可是手氣就是這麼背，我也沒辦法嘛。」

我們漂流到此地已經過了六天，「無人島場所」也來到了千秋樂（*3），眾人的亢奮情緒攀至最高點。前五天的戰況統計，橫綱泰鵬大獲全勝，另一位橫綱柏怒則是吞下一敗。換句話說，如果今天這場千秋樂由柏怒獲勝，就得舉行優勝決定戰（*4）了。

在所有聽眾的關注下，千秋樂的最後一場比賽開始了。

*1 下手拉帶過腰摔：「下手投げ」，取勝招式的一種，由內側手使出的拋摔法。手插入對方腋下，拉扯對方腰帶近身後，稍微側身再拋摔。亦稱下手側身拋摔。

*2 提出場外：「吊り出し」，取勝招式的一種。將對方兩邊腰帶拉近，提起對方身體移出土俵外。

*3 千秋樂：每一場所的最終日稱之。

*4 大相撲在千秋樂時，若累計最高勝績者不止一名，必須延長加賽，稱爲「優勝決定戰」。

「比賽開始，泰鵬對柏怒！兩人同時近身抓住對方腰帶，雙方都壓低身勢！喔！泰鵬進逼一步，柏怒往右一甩，借力使力反逼回去，推擠、推擠、再推擠！泰鵬從左側使出下手拉帶過腰摔！柏怒穩穩地化解力道！泰鵬失去平衡，眼看就要摔出土俵！擠倒（*1）！擠倒！柏怒以擠倒取得勝利——！」

嘆氣與歡呼的聽眾各半。這時，谷町上前宣布，優勝決定戰即將在二十分鐘後展開。

優勝決定戰在即，大家馬上開始下注。

「我壓五塊餅乾賭泰鵬贏。」

「我也覺得泰鵬會贏，我壓兩塊餅乾。」

「我壓三塊餅乾賭柏怒贏。」

「背水一戰了！我壓四塊餅乾賭柏怒贏。」

約有三分之二的人賭泰鵬贏，而我也豁了出去，「好！我壓上全部的存糧賭柏怒贏！」

聽到我的大膽發言，眾人發出驚嘆。

「你在想什麼！要是輸了怎麼辦!?」惠里子哭喪著臉。

「放心，我自有打算。」

我帶著惠里子進到林子裡，等了一會兒，谷町出現了。我知道他習慣在這兒小便。

我們倆來到谷町面前，他嚇了好大一跳。

「我有事想拜託你。」我說：「等一下的優勝決定戰，請讓柏怒贏。」
谷町笑了笑道：「不可能。德俵先生只會把背在腦袋裡的比賽忠實地報導出來的。」
「所以要請你幫忙呀，只要你點頭，日後我公司的員工旅遊全權委託你負責。」
「唔——」谷町頓時換上生意人嘴臉，思考了起來，「你們的員工旅遊跑國外嗎？」
「那當然！」我說得煞有介事。
「可是如果當年贏的人是泰鵬，不曉得德俵有沒有辦法報假實況……」
「你就和他說，只要他讓柏怒贏，我會送他一年份的大相撲比賽門票。」
「我明白了，這樣他或許肯幫忙。不過這件事絕對要保密哦。」
「嗯，我曉得。」
我和惠里子離開林子回到眾人身邊。過了一會兒，谷町和德俵出現了。德俵的臉色不太好，看樣子谷町已經和他談過了。
在全員的注視下，收音機男開口了：「終於來到了優勝決定戰！站上土俵東面的是橫綱泰鵬，站上西面的則是同爲橫綱的柏怒，場內歡聲雷動！」
「泰鵬，拜託！一定要贏啊！」

*1 擠倒：「寄り倒し」，取勝招式的一種，手法同全身逼擠法（寄り切り），但是令對方倒地而非擠出場外。

「柏怒！衝了啦！」

「兩人始終緊盯著對方。場內響起一片掌聲。好，比賽即將開始了，雙方進行撒鹽（*1）。泰鵬慢慢地擺出仕切（*2），柏怒也已蹲低身子，兩人以拳觸地行禮。……直起身子了！雙方氣勢驚人地衝撞上前，泰鵬與柏怒穩穩地箝制彼此！」

「上啊！泰鵬！」

「進攻啊！柏怒！」

「雙方都沒能取得上手。柏怒逐漸壓低身勢！泰鵬抱住柏怒的右手……喔！他竟然在此時試圖使出制臂過腰摔（*3）！不過柏怒擋下來了！柏怒轉守爲攻！泰鵬處於劣勢！」

「很好！就是這樣！」我也不由得喊出聲。

「柏怒不斷推擠進攻，卻被泰鵬取得上手！柏怒使出渾身解數向前推擠！啊！退回來了！雙方回到土俵中央！泰鵬果然毅力驚人！」

一片嘆息聲中，有人拍手叫好，有人大聲怒罵，我則是急得跺腳。

「柏怒取得上手了！兩人又同時近身抓住對方腰帶。喔！泰鵬試圖提起柏怒！柏怒也使勁扯著泰鵬的腰帶，同時乘勢使出外側勾腿（*4）！泰鵬毫不退讓使力推擠，柏怒一邊站穩身勢將泰鵬一甩！啊——！雙方都使出拋摔——」

這時張著口的德俵突然沒了聲音，額上冒出豆大汗珠。

「喂，怎麼了？」

「結局咧？是誰贏了？」

眾人開始騷動。只見德俵下巴微顫，遲遲沒出聲。

「這下糟了。」谷町湊近我咬耳朵，「當年果然是泰鵬贏了，但是德俵扯不了謊，內心天人交戰之下，竟然就這樣當機了……」

「喂，搞什麼！快報結果啊！」

「怎麼搞的啊！」

大家一擁而上，將德俵團團圍住。

這時，有人咕噥道：

---

*1 撒鹽：力士在入賽前會將淨鹽撒在土俵上，代表清除身心和場上的污穢。一爲驅邪，一爲祈神保佑選手免於受傷。

*2 仕切：「仕切り」，相撲預備姿勢。力士彎下腰，兩肘頂膝上，下巴微抬，雙眼注視對手以求精神專注。這個動作反覆幾次，力士便已將自己調整在隨時可作戰的狀態下。

*3 制臂過腰摔：「小手投げ」，取勝招式的一種。由外側單臂緊抱對手插進來的手，同時自己充分地移往旁邊取得施力點，一口氣用勁朝下方拋摔。

*4 外側勾腿：「外掛け」，取勝招式的一種。雙方相互插手抓住對方的腰帶時，由外側勾住對方腳跟，朝自己手內側勾近，使對方站立不穩倒地。

「是不是故障了啊？」

一聽到這句話，所有人開始碰碰碰地敲打德俵的腦袋，說著：

「收音機壞了啦！收音機壞掉了啦！」

屍台社區

鬧鐘的電子鈴聲嗶嗶作響，我反射性地想按掉開關，一伸出手，手背卻狠狠撞上某樣硬物的尖角，我痛得整個人彈了起來。

「痛死了啦——！」我定睛一看，擺在鬧鐘旁的是一臺超小型液晶電視。「喂！怎麼回事？爲什麼這裡會有這種東西？」

被窩裡的老婆背對著我，大屁股就在我眼前。聽到我嚷嚷，她宛如《幻想曲》(*1)中的河馬芭蕾舞者般，遲緩地轉身朝向我，一臉不耐地說道：「幹嘛啦，吵死了。」

「我問妳，這是什麼？」我粗聲粗氣地問道。鬧鐘依然響個不停，鈴聲已經變成急促的「嗶嗶嗶嗶」，我連忙按掉開關。時間顯示五點三十分。

「鬧鐘啊。」

「不是，我是說鬧鐘旁邊這個。」我說著拿起那臺液晶電視亮到老婆面前。

她像在趕蒼蠅似地揮了揮手回道：「電視啊。」

「我也知道是電視。爲什麼這東西會擺在這裡？妳什麼時候買的？」

「之前郵購買的啊。還不是因爲你不肯放一般的電視在臥房裡嘛。」

「我每天都得早起耶，要是妳在身旁看電視，我哪睡得著啊。」

「所以我才買這個啊，這樣我就可以在棉被裡戴耳機看電視了，你也聽不到電視聲音啦。」

「但妳不是也得早起？那麼晚睡，起得來嗎？」

「我又不像你九點、十點一上床就睡得著。躺在床上什麼都不做光聽你打鼾，老實說很辛苦耶。而且就算我在夜裡看電視，了不起只能看十點的連續劇吧。唉——，之前在東京還有些深夜節目可看的說。」她故意打了個大呵欠。

她只要一提起從前住東京的時光，我就回不了嘴了。我搔了搔鼻子，低頭看向液晶電視。「花了多少錢？」

「又沒多貴，小氣鬼。」她皺起眉。

「算了算了。好啦，快點起床吧，我餓了。」

「這麼大清早的，哪有人像你一起床就喊餓啊。」老婆「嗨唷」喊了一聲，挪動她那不討喜的肥胖身軀起床，旋即又張嘴打了個大呵欠。

這時，傳來「嘎——」一聲宛如巨大爬蟲類的叫聲，由於那聲音傳出的時間點和老婆打呵欠幾乎同時，一時之間我還以爲是這女人發出了怪聲。

「那是什麼聲音？」

「好像是外面傳來的。」

＊1《Fantasia》，迪士尼於一九四〇年推出的古典音樂動畫電影。

「我去看看。」

我迅速穿好衣服走出寢室，女兒繪里也一身睡衣來到走廊上。

「爸爸，剛剛那是什麼聲音呀？」繪里揉著惺忪睡眼說道，左半邊的頭髮還翹翹的。

「妳先回房去。」

我下樓走出玄關一看，在我家門柱的外頭，一名穿著圍裙的女性正癱坐在地。是對面的太太。

「山下太太，怎麼了？」我打著招呼一邊朝她走去。

山下太太仍是全身無力，生硬地轉頭看向我。她的眼睛睜得大大的，流著鼻水，嘴巴微微顫動。

「……妳怎麼了？」

一定出了什麼事。我繼續走近，發現離她數公尺的不遠處，有個人倒在那兒。那是男性，一身灰色西裝仰躺在地，大大的啤酒肚上暈出一片暗紅，上頭刺了一支什麼，宛如立在山丘上的十字架。我很快便發現那是一把刀。

「噫——！」我不禁窩囊地喊出聲，後退了好幾步。

繪里也出來外頭了。「爸爸，你在幹嘛？」

「不要過來！」我上前抱住繪里，試圖擋住她的視線。

「怎麼啦？」老婆也趿著拖鞋出來玄關。一身睡衣的她披了件羊毛衫，劉海上頭還捲著髮捲。「哎呀呀，是山下太太呀，妳怎麼坐在那兒？發生什麼事了？」

「妳……妳快回屋裡去！」

老婆沒理會我，逕自走出來路上，沒多久就看到了屍體，嚇得當場僵直身子。然而她並沒有驚慌大叫，反而是小心翼翼地走過去，低頭端詳著。

「這人死啦？」老婆一臉嫌惡地說道。

「對啦，」我說：「快點過來這邊啦。」

「喔——」她彎下腰，望著屍體的面容，「我第一次這麼近看屍體耶。」

「啊——，人家也想看啦——！」繪里叫道。

「喂！」

繪里掙脫我的懷抱，跑去躲在老婆身後探出頭看屍體，一邊天眞地說著：「哇——，好嚇人哦——」看著看著，繪里撿起一旁的樹枝，戳著屍體的側腹玩兒。

「繪里，那樣髒髒，不可以！」老婆喝止她。

「大家早安吶！」隔壁的當家遠藤先生一身西裝出現了，平日他就是我們社區最早出門上班的。他正要跨上腳踏車，瞥見倒在路旁的屍體，當場重心不穩連車帶人摔倒在地。

「哇哇哇！哇哇哇哇哇！」一屁股跌在地上的遠藤先生指著屍體說：「那、那、那是啥啊！」他的眼鏡都歪了。

「早安！」斜對門的太太笑咪咪地走了出來，數秒後，立刻傳來她淒厲的尖叫。

社區其他住民也紛紛走了出來。

「怎麼了？怎麼大家都在……噫——！」

「發生了什麼事……啊呀——！」

「怎麼了？什麼事啊？我看看……哇——！」

慘叫和驚呼此起彼落，沒多久，屍體旁便圍了一圈人。說來奇怪，當圍觀人數愈來愈多，眼前的屍體似乎變得不那麼可怕了。一開始嚇到腿軟的那些人，想湊熱鬧的心態也戰勝了恐懼，拚命湊上前想看得清楚點。

「嗯，這到底是怎麼回事？」社區自治會會長島田先生低頭看著屍體說道：「爲什麼這裡會出現一具屍體呢？」

「看來是他殺哦？」我試著說出我的猜測，大家紛紛點頭。

「這人是誰呀？」老婆隨口問道。

「沒見過呢。」島田會長說：「會不會是推銷員之類的？唔，請問誰對這個人有印象嗎？」

大家紛紛搖頭，當然我也沒見過這個男人。

「這下麻煩了。」島田會長搔了搔臉頰，低喃道：「總之先報警吧。」他的口氣像在徵求大家的意見，幾個人點了頭。

「嗯……還是得報警嗎……」囁嚅著接口的是方才摔倒在地的遠藤先生。

島田會長看向他，「你的意思是？」

「沒有啦，呃……我知道這樣說很不應該，但是您也曉得的，一考慮到我們社區現在的狀況，我是覺得……」遠藤先生話說得吞吞吐吐。

「什麼啦？你講清楚點嘛！」島田會長疾聲催促著，一旁的我們聽著也煩躁了起來。

遠藤先生乾咳了一聲，說道：「我的意思是……，要是報警的話，事情肯定會鬧大吧？」

「當然啊，畢竟是殺人案吶。」

「所以消息也會上報吧？搞不好還會上電視新聞什麼的。」

「應該會啊，有什麼問題嗎？」

「這麼一來，社會大眾會怎麼看待我們社區？恐怕只會留下不好的印象，覺得我們這裡是發生過殺人案的恐怖地點吧？也就是說，社區形象會變差……」

大家恍然大悟，我也明白遠藤先生想說什麼了。

「老公，要是變成那樣，」老婆轉頭對我說：「我們家的房價又要跌了！」

「噓！」我制止老婆說下去，她連忙遮住嘴，但所有人的視線都已集中到她身上。只不過，大家的表情並不是詫異，而是多少鬆了口氣的神情，因爲發現其實有人和自己抱著同樣的心思。

「是的。」遠藤先生望向島田會長說：「我擔心的就是這件事。」

「嗯……」島田會長盤起胳膊，「有這層顧慮啊……」

「討厭，我不要房價再跌下去了！」對門的山下太太哀號似地喊道：「我們家已經跌了一千萬圓耶！而且東邊正在出售的那戶比我們家還大，前陣子我看到賣屋廣告上的房價，它居然比我們買的時候還便宜兩百萬！」

「那一戶啊，聽說房仲在帶人看房子時，還有一百萬圓左右的殺價空間哦。」後方有人接口道。

「咦！眞的假的？」山下太太開始啜泣。

「別哭啦。」她先生難爲情地遞上手帕。

儘管不是每個人都會喜怒哀樂形於色，在場所有人的心情應該都和山下太太一樣。因爲我們每個人都是抱著同樣的夢想，買下這處遠離市中心的社區住宅，卻每天眼睜睜看著夢想一點一點幻滅。

「島田會長，您覺得呢？」遠藤先生又開口了，「您應該也很清楚，我們社區的房價要是再跌下去，對大家將來的影響有多嚴重……不，您肯定也不願意府上的房價繼續下滑吧？」

被戳中痛處，島田會長稍稍皺起眉頭。但仔細想想，島田會長恐怕是對目前的房價最不滿的人了。他會接下自治會會長一職，正因爲他是最早買下這處社區住宅的。而他之所以願意忍受三小時的通勤時間，搶在第一時間買下這兒的房子，並不是因爲「這裡有豐富的大自然」，也不是「想讓孩子在有庭院的環境中成長」，更不是「想遠離都市喧囂」，原因只有一個——「這個社區的房價看漲，屆時把它賣了賺價差，再去交通便捷的地點買棟透天厝吧。」

「可是，我們總不能一直瞞著警方吧？」島田會長一臉苦澀說道：「而且屍體也不能這麼放著不管啊。」

聽到這，大家都沉默了下來。

「這人怎麼不去別的地方死啊？」遠藤太太沉不住氣，忿忿地對著屍體罵道。

「算了啦，這句話應該去對兇手說吧？對屍體說也沒用啊。」山下先生沒勁地回了一句。

「眞是的，爲什麼要在我們這兒殺人呢？」

「要殺人，地點多得是，幹嘛偏偏挑上我們社區！」

「根本是來找麻煩的嘛。」

大家紛紛抱怨著。

「乾脆隨便找個地方把屍體埋了吧。」還有人說出這種毛骨悚然的提案。

「埋掉？不好啦，要是被挖出來……」

這些對話已經聽不出是認眞還是開玩笑的了。

而我也不知不覺跟著瞎起鬨，脫口而出：

「乾脆把他扔到黑丘大郡去吧！嘿嘿嘿……」

「啊!?」抱怨個不停的鄰居們頓時一臉愕然，一齊看向我。

「你剛剛說什麼？」島田會長問道。

「呃，沒、沒有啦，我開玩笑的！哈哈哈，我隨便說說啦，別當眞、別當眞！」我堆著笑拚命搖手。

「對耶……」沒想到遠藤先生一臉認眞，點了點頭道：「還有這一招嘛，我怎麼沒想到。黑丘大郡……，嗯，這說不定能解決我們的問題哦。」

「等等，遠藤先生，我眞的是開玩笑的。」

「不，這個主意確實很不錯。」島田會長開口了，「而且不費什麼工夫。就算黑丘那邊報了警，消息曝光後，我們社區的形象也不會受損。」

「而且這麼一來，」我老婆也湊上一腳，「形象受損的就成了黑丘大郡了。」幾個人面露認同地輕輕點頭。黑丘大郡離這裡數公里遠，據說這陣子由於鐵路開發計畫，當地房價日漸看漲。我們社區的居民聽到消息後，眞是鬱悶到極點，那個黑丘大郡的房價原本比我們社區低的。

「我公司有個男同事就住在黑丘大郡。」山下先生陰沉地娓娓道來：「那傢伙最近莫名地開朗，一直來找我聊天，打探我家當初是花多少錢買的。前陣子啊，他還故意在我面前攤開售屋傳單，在辦公室裡大聲說些『黑丘大郡的房價雖然漲幅不大，總比跌價好多了』什麼的。」

在場的太太們個個聽得橫眉豎目，當家的男士們則是氣得全身發抖。

「好，對方都做得這麼絕了，我們也沒什麼好猶豫的！島田會長，請您定奪！」遠藤先生以古裝劇的口吻催促島田會長做決定。

島田會長沉吟了一會兒，抬起臉來說：「我明白了，那我們投票決定吧，少數服從多數。贊成把屍體丟到黑丘大郡的請舉手。」

我們白金台社區共有十戶，所有的戶長和戶長太太都毫不猶豫地舉起了手。

當天夜裡，我、島田會長、遠藤先生以及山下先生四人將屍體塞進後車廂，朝黑丘大郡出發。遠藤先生和山下先生是抽籤選上的，但我被牽扯進來的原因卻極不合理——他們說因爲一開始提議將屍體丟到黑丘大郡的是我。即使我再三澄清那只是玩笑話，卻沒人理會。

「我還不是，只因爲是自治會會長就得出這趟公差，也很不合理啊。」島田會長邊說邊轉動他那輛舊型豐田皇冠汽車的方向盤，「而且還得捐出自家車子在這種用途上，噁心死了，我日後根本不敢使用後車廂了。」

「好了別氣了，這都是爲了我們社區嘛。」山下先生打著圓場。

皇冠汽車載著我們四人與一具屍體，在宛如田間小路的荒涼道路上顛簸前進，放眼望去只有休耕的田地。

「之前不是聽說這一帶要蓋小學嗎？不知道後來怎麼樣了喔。」遠藤先生幽幽地說道。

「就是說啊，而且那個鐵路開發計畫，本來規畫是要經過我們社區旁邊的啊。」山下先生說：「有了鐵路，車站前也會興起商店街呢。」

「我還聽說連鎮公所服務處都會馬上蓋好咧。」島田會長嘆了口氣，「到頭來，房仲業者講的話根本不能信。」

「業者後來的說詞是，他們當初只說政府有這樣的計畫，並沒有保證一定會實行。他們要這麼說，我們也只能認栽吧，只是不免有種上當的感覺。」遠藤先生說道。

「我問過我朋友啊，」我也加入討論，「他說如果是政府確定會開發的地點，附近的透天厝是不可能賣這麼便宜的。」

「唉，照你朋友這麼說……」握著方向盤的島田會長說著靠上椅背，一副很想接著說「我們還眞的被當成冤大頭了」的模樣。

「說到底，都是因爲市中心的房價太誇張了啦。」或許是不希望搞壞大家的心情，山下先生直指問題的根源，「努力賺錢賺了一輩子，連棟小房子也買不起，太說不過去了吧。雖然政府說最近房價跌了一些，之前的房價根本是天價，降那麼一點點，一樣買不起啊。」

「還有那些靠父母留下來的地皮成爲暴發戶的傢伙。」遠藤先生語帶不屑地說道：「政府應該向那些人徵收高額遺產稅吧！繳不出來，就沒收土地！」

「沒錯！全部納爲國家的土地不就得了，由國家出借給需要的人民，這麼一來，就能減少貧富差距了！」島田會長說得慷慨激昂。

「土地應該是全民的所有物。炒作地皮賺大錢，這種想法本身就要不得。」山下先生說。

「對對對！」

「說得好！」

同車這幾個人買下白金台社區住宅的出發點也是爲了投資，他們卻自動忽略這點，莫名其妙地同仇敵愾了起來。

「啊，黑丘大郡就在前面了。」島田會長踩下煞車。

廣大田地的一區上頭，蓋了數十棟外觀相似的透天厝。雖然在夜色中看不太清楚，他們每一戶的坪數似乎與我們白金台的屋子相去不遠。

「哇！這裡好荒涼喔，附近什麼都沒有嘛。」山下先生開心地說著風涼話，「看樣子也沒有公車站呢。要去最近的電車站，就算開車也得花上十分鐘吧？」

「不，十分鐘應該到不了，我看要花十五分鐘哦。」島田會長斬釘截鐵地說道。

車子緩緩前進，我們終於駛進了黑丘大郡。時值深夜，加上這一帶本來住戶就少，燈火幾乎都熄滅了，我們一路上沒遇見半個人。

「我們把他丟在顯眼一點的地方吧。」遠藤先生說：「屍體早點被發現，對我們比較有利。」

一番討論之後，我們決定把屍體丟在全社區最大的一棟屋子前面，因爲那戶人家停車場裡停的是賓士車，更是引起了我們的反感。

我們從島田會長的皇冠汽車後車廂裡拖出那具以毛巾包裹的屍體，讓他滾落路旁。奇妙的是，這時我們對屍體的恐懼已經消失無蹤了。

「好！撤吧！」

會長一聲令下，我們旋即跳上車。

隔天早上——其實是清晨五點半，我把棄屍的過程詳盡地告訴了老婆。她對我說了聲：「辛苦了。」上次聽到她這句話，已經是很久以前的事了。

「我們就等著看黑丘大郡的醜聞遠播吧！」平常這個時間總是一臉惺忪的老婆，這天早上卻相當有精神。

然而她那喜孜孜的神情，卻在看到夾在早報裡的售屋傳單時，逐漸蒙上陰影。

「老公，房價又跌了耶。」老婆拿給我看的，正是本社區的售屋廣告，「你看，昨天他們提到那棟東邊的房子，比兩星期前跌了兩百萬圓。」

「眞的耶。」我一邊啃著吐司，瞥了廣告一眼。

「這樣很討厭耶。老公，不能想想辦法嗎？像那種分售的公寓套房啊，要是之後賣出的套房降價，先前買屋的人不是可以要求仲介退差額嗎？」

「嗯，不過那得經過交涉吧。而且重點是，妳看那幾棟降價出售的房子，到現在都還沒賣出去啊。」

「咦？我們社區的房子這麼難賣嗎？」

「……我出門了。」我決定在老婆火冒三丈前出門上班去。

三小時後，我抵達了位於虎之門的某事務機製造商總公司。怪的是，自從我開始遠距離通勤之後，再也沒遲到過。

我坐到辦公桌前，正要起身去自動販賣機買咖啡，聽到隔壁課的人在竊竊私語。

「課長今天好像請假耶。」

「咦？眞難得，感冒了嗎？」

「聽說是車子壞了。」

「車子壞了就請假？」

「你不曉得啊？課長一天沒車可是會要了他的命。聽說他住在一個叫『黑丘大郡』的偏僻社區，沒車的話根本連電車站都去不了。」

「哇！太慘了吧。」

我離開座位，忍不住竊笑。沒想到隔壁課長就是黑丘大郡的住民，我看車子壞掉根本是藉口吧，他們社區今早一定發現屍體了，起了那麼大的騷動，怎麼可能還來上班？眞期待今晚的新聞。

然而，當晚並沒有出現黑丘大郡發現屍體的報導。

「怪了？」我在被窩裡看著老婆買的液晶電視，一邊轉著頻道，「這可是殺人案耶，不可能不報導啊？」

「會不會是警方消息公布得比較晚？可能明天的早報就會登了吧。」

「可能吧。」

我關掉電視。明天星期六不必上班，但平日養成的生理時鐘依舊運作著，睡意很快襲來。

一陣激烈的搖晃，我睜開眼，老婆蒼白的臉緊貼在我面前。

「不得了！不得了啦！老公，不得了了！」

「怎麼了？」

「屍、屍體……那具屍體，又出現在家門口了！」

「什麼！」我衝出被窩。

一出玄關，眼前和前天一樣聚集了一群人，島田會長和遠藤先生也在內。

「啊，早安。」遠藤先生看到我，大家也紛紛回頭道早安。我回道早安後，問道：「聽說屍體又出現了？」

「是啊，你看。」遠藤先生指著某個方向。他的兩道眉毛垂成八點二十分的角度。

「哇！」我嚇得往後退了好幾步。地上那具屍體的膚色呈現土灰色，五官爛成一團，那令人印象深刻的啤酒肚也消了些，不過從服裝看來，躺在那裡的確實就是前晚被我們丟去黑丘大郡的屍體。

「怎麼會回這兒來了？」

「大家正在討論這件事。」島田會長撫著他那髮量有些稀疏的頭說道：「我在想，搞不好是黑丘大郡的傢伙搬過來的。」

「黑丘大郡的人……」

「他們跟我們想的是同一件事。要是屍體在自家社區內被發現，肯定會破壞社區的形象，所以才把屍體丟過來我們這裡。」山下先生解釋道。

「太卑鄙了！」看來山下太太眞的動怒了。

「可是，畢竟先這麼做的是我們啦。」島田會長不禁苦笑。

「不，很難說吧。」遠藤先生說：「又沒有證據能證明這個男的是在我們這兒死掉的，搞不好一開始就是他們把屍體運來我們這兒的啊。」

「沒錯沒錯！」

「肯定是這樣啦！」

「我覺得黑丘大郡的人一定幹得出這種事！」

雖然我們也做了同樣的事，沒資格批評別人，但大家卻自動忽視這一點，一面倒怒罵黑丘大郡的居民。

「那，現在該怎麼辦？」我問島田會長。

「還能怎麼辦？變成這種情況，總不能報警吧？」

「再運去黑丘大郡吧。」人群後方有人提議。

「就這麼辦！」

「跟他們拚了！」

全體贊成把屍體再運回黑丘大郡去。

「好，那我們先把屍體藏起來吧，要等入夜才能行動了。」島田會長對大家說道。

「好！」

「先藏到上次那棟房子裡去吧。」

那棟房子，指的是社區內的一棟樣品屋，大門雖然上了鎖，但倉庫是開著的，我們上回也是把屍體藏在那裡等天黑。

有人拿了梯子來，我們把屍體放到上面，像抬擔架似地開始搬運。前導是山下先生，後衛是島田會長，其他人則圍著擔架，一行人浩浩蕩蕩地朝樣品屋前進。

「有點臭耶。」遠藤先生微微抽動鼻子。

「哎呀，是不是開始腐壞了？」我老婆說完，膽大地湊近屍體臉部一聞，「果然。最近真的太悶熱了。」她皺起眉，手在鼻子前搧了搧。

「對了，昨天我家的生鮮食物也壞了。」遠藤太太說道：「我才從冰箱拿出來一下下而已耶。」

「你們家也是?我們家也是這樣耶!」山下太太接口道。

「天氣突然變熱了嘛。」

「廚餘也是一下子就發臭了。」

「眞是傷腦筋啊。」

看到這群家庭主婦面對屍體還能悠哉地話家常,我不禁爲她們的神經之粗愕然不已。雖然我也比較習慣面對這具屍體了,但光是要忍住反胃,就得費上好一番氣力。

我們將屍體扔進樣品屋的倉庫後,島田會長關上了門。「那麼,大家晚上見了。」

「您辛苦了。」

「大家辛苦了。」

氣氛彷彿剛結束社區的水溝清掃任務般,大家就地解散了。

「不好意思,方便請教一下嗎?」我正要進家門,身後有人叫住我。回頭一看,大門旁站著一高一矮兩名男士。

「請問有什麼事嗎?」我回過身面向他們。

「我們是警察。」小個子男亮出警察手冊,「想請您協助查案,現在方便嗎?不會花您太多時間的。」

聽到「警察」兩個字，那些正往自家門走去的鄰居，又紛紛聚集了過來。看到這幅景象，刑警有些錯愕。

「請問發生了什麼事？」我問。

「呃……請問你在這附近見過這個男人嗎？」

小個子刑警遞出的照片上頭，正是那名死者。我裝出什麼都不知道的神情回答：「沒見過耶。」接著遞給我老婆。

「不認識的人吶。」老婆只是冷冷地回道。

「我看一下。」島田會長將照片拿去看了看，正經八百地皺起眉道：「沒見過耶，我們這附近沒出現過這個人。」

接著他將照片傳給大家看，每個人都說沒印象。

「請問這位先生怎麼了嗎？」我問小個子刑警。

「他是某起重要案件的關鍵人物。」刑警說著收起照片，「可能有人想取他的性命，可是他幾天前便失蹤了。」

「哎呀！這可不得了啊！」遠藤先生刻意露出一臉驚訝，「不過，爲什麼二位會過來我們社區呢？」

「我們在離這兒數公里的北方發現了這人的車，一路查問目擊情報，便找到這裡來了。」

「車子啊……。可是呢，」島田會長說道：「這麼說來，發現車子的地點不是離黑丘大郡比較近嗎？二位去那邊問過了嗎？」

「去過了。」小個子刑警點點頭。

「他們也說沒見過這名男士嗎？」

「不，那邊有人目擊到了。」

「喔——」島田會長睜大眼，「那麼就是他在那邊遇到了什麼事嘍？」

「關於這一點……」刑警舔了舔脣，繼續說道：「根據目擊情報，他們說看到照片上這位男人朝你們這裡出發了。聽說這個男的曾經問他們白金台社區怎麼走。」

「什麼……？」

「請問這名男士出現在黑丘大郡是什麼時候？」我問刑警。

「前天白天。」

「前天？」

不可能！前天大清早，這個男的就已經是具冰冷的屍體了。

「呃，請問……」刑警搔了搔頭，環視四周，「貴社區的住民……」

「都在這兒了。」島田會長回道。

「這樣啊。那麼，要是各位想起任何線索，請與我聯絡。」

刑警將聯絡方式寫在便條紙上交給島田會長便離開了。

「黑丘大郡那群混帳，竟然扯這種漫天大謊！」等刑警的車離去後，遠藤先生忿忿地說道。

「剛剛好險啊，警察要是再早一點抵達，一切就破功了。」

聽到山下先生這番話，大家頻頻點頭。

「好，事到如今，我們說什麼也要把屍體處理掉。在警方展開搜索前，一定要把屍體丟到黑丘大郡去。我們絕不能輸！」

島田會長說完，大家也堅定地應和。

凌晨兩點，與前天相同的四名成員又集合到樣品屋前。雖然有人說不妨換人，但有經驗的做起來比較順手，最後還是這麼決定了。交換條件是，我們四人往後一年內都不必參與社區服務。

島田會長打開倉庫門，以手電筒照向裡頭，惡臭瞬間撲鼻而來，看來屍體仍持續腐壞中。黑暗裡看不太清楚，但屍體的皮膚似乎滲出了液體，死者的衣服和倉庫地面一片濡溼。

「好，搬出來吧。」島田會長說。

我們點點頭，將屍體從倉庫拖出來。原本身形肥胖的屍體，臉部的肉已垂往後腦，頭蓋骨的形狀一覽無遺；眼窩深陷，混濁的眼珠在眼瞼下若隱若現；嘴脣縮得小小的，暴露出兩排黃牙，有顆臼齒上裝有金牙套。

「用這個把他包起來。」島田會長在院子鋪上塑膠布。

我們正要把屍體移到塑膠布上，山下先生絆了個跤。

「哇啊啊啊啊！」山下先生猛地伸手一撐，好死不死戳在屍體的腹部上。那個啤酒肚似乎比今早見到時膨脹了些，經山下先生這麼一擠壓，頓時宛如海灘球洩氣般被壓得扁扁的。

而同時，瓦斯從屍體的嘴噴了出來，想來屍體的體內應該是充滿了腐敗產生的瓦斯吧。爲了搬動屍體而蹲著的我們，不偏不倚地迎面接受了這股臭氣的洗禮。

「嘔！」

「嗚哇！」

一陣不知該說是慘叫還是發病的怪聲之後，大家都吐了。好一段時間，四下只聽得見紊亂的喘息。

「對、對不起!對不起！」山下先生道著歉。

「沒關係啦，你又不是故意的。再說，總比上了車才漏瓦斯要好得多了。」島田會長說。

「可是這也太臭了吧……」
「這樣只抵一年的社區服務，太不划算了啦，哈哈哈……」
大夥兒調侃了一番，重整心情後，將屍體放進後車廂。四人和前天一樣朝黑丘大郡前進，不過畢竟是第二趟，今晚大家的話都不多。
一進入黑丘大郡，我們隨即停車打開後車廂，棄屍地點和上次一樣。
我們伸手進後車廂掀開塑膠布，打算將屍體拉上來。雖然覺得很噁心，我抓住了屍體的手腕使勁一拉，沒想到屍體腐化的程度比預料中快，我才覺得觸感怎麼滑溜溜的，被我抓住的手掌整個從手腕位置斷掉，猛地滑出袖口，腐肉與筋就這樣垂在斷肢前端。
「噫……」我慘叫一聲，咬著牙死命忍住反胃的衝動。
「不能用抓的，還是連同塑膠布一起拖出來吧。」
在島田會長的提議下，我們首先將塑膠布連同屍體一併拉出後車廂，放到路旁後，一把抽掉塑膠布，屍體頓時滾了出來。這麼折騰下來，除了那個手掌，其他部位也難逃支離破碎的命運，我們盡量不讓視線落在殘破的屍塊上，收拾好塑膠布，確定全員上車後，島田會長猛地踩下油門，一行人揚長而去。
隔天是星期日，一早就悶熱無比。我昏昏沉沉地出門拿報紙，和對門的山下先生打了照面，兩人都是一臉苦笑。

「睡得好嗎？」他問。

「幾乎沒睡啊。」我搖著頭。山下先生的表情彷彿寫著：我想也是。

昨晚回到家後，我沖了個澡便上床了，但屍臭與屍體的觸感卻揮之不去，我整晚輾轉難眠，就連現在，那股屍臭味仍殘留在我的鼻腔裡。

「看樣子今天也會很熱呢。」山下先生望向天空，「恐怕……更嚴重了吧……」

他話沒講明，但我很清楚他想說什麼，一定是指屍體的腐壞速度吧。

「別想了，反正已經跟我們毫無關聯了。」我說。

山下先生淺淺一笑，彷彿在說：希望一切順利嘍。

然而當天的晚間新聞還是沒有黑丘大郡發現屍體的報導，一股不祥的預感浮上心頭，我又度過了一個失眠的夜晚，身旁的老婆倒是無憂無慮地打著鼾呼呼大睡。

我下床想倒點威士忌來喝，忽然聽見車子停在我家門前的聲響，還有人在說話。雖然車子旋即開走了，我覺得怪怪的，一身睡衣便走出玄關探看。

這麼一看，我不禁當場腿軟。

昨晚才扔掉的屍體，又躺回我家門口！而且，屍身腐爛得非常嚴重，對方的搬運過程似乎相當粗暴，屍體的兩條手臂破破爛爛的，而那個被我扯下來的手掌就隨便扔在一旁。

「不好了！不好了！不好了！」我大叫著敲遍鄰居大門。島田會長、遠藤先生還有山下先生都立刻現身了，應該是和我一樣睡不著吧。

得知狀況後，每個人都氣得直瞪眼。

「一定是黑丘大郡那些人搞的鬼，怎麼這麼陰魂不散啊？」

「他們好像是打定主意要陷害我們了。」

「絕不饒了他們！」

大家一致同意現在馬上把屍體運回黑丘大郡，而且同樣是由我們四名原班人馬出動。

然而，雖然我們想比照昨晚的行動速速進行，但屍體爛成那樣，過程中我們不是扯碎了手臂，就是頭顱東倒西歪扶不正，處理相當費時。一開始我們仍得強忍著反胃的衝動，但汗流浹背地搬運之間，我們愈來愈沒意識到正在處理的是人類屍體，反而有種豁出去的壯烈心情。

老樣子，遠藤先生、山下先生、島田會長和我四人開著車朝黑丘大郡前進，但是到了那附近，我們發現大半夜黑漆漆的路上卻四處杵著人影。一名中年男人見到我們的車，旋即拿出一個東西——是無線電對講機。

「可惡，居然有人站崗！」島田會長忿忿地說道。

島田會長立刻轉動方向盤掉頭，想找個沒人站崗的地點。終於我們駛進一塊施工中的建地，眼看四下無人。

「快丟下車！快點！」

不消會長催促，我們幾個早已快手快腳地將屍體從後車廂拖了出來。屍體的腳踝和耳朵脫落，但我們顧不了那麼多了。

棄屍後，我們旋即跳上車逃離現場，但回程途中卻被某個站崗的目擊到。換句話說，屍體被發現只是時間的問題。

回自家社區後，我們叫來了鄰居，決定也派人站崗守衛。所有的馬路轉角至少要有一人看守，而因爲人手不足，我家的繪里也被叫來幫忙。

人員配置剛完成沒幾分鐘，遠處傳來汽車的引擎聲響，我頓時繃緊神經進入備戰狀態。他們要是來丟屍體的，我拚了老命都要阻止！

社區盡頭那棟房子的轉角出現了一輛四輪驅動卡車，貨臺上坐著幾名男人。

卡車毫無停車的意思，急急駛過我們面前，就在雙方交錯的那一剎那，有東西從貨臺被扔了出來，隨著啪嗒啪嗒的噁心聲響，落在地面的正是那具屍體的屍塊。落地的衝擊使得屍身更是碎得七零八落，眼球都從眼窩滾了出來。

「喂！停車！」我們大喊著，但那夥人早逃之夭夭了。

鄰居們馬上聚了過來。

「居然在我們面前明目張膽地丟包，太瞧不起人了吧！」島田會長震怒，「好！我們也來硬的！把屍、屍體撒遍他們整個黑丘大郡！」

然而我們社區裡並沒有卡車，無計可施之下，最後只好借用剛搬來一對新婚夫婦的敞篷車。年輕太太哭著抗議，但大家力勸她「這都是爲了保護我們社區啊」，她才終於點頭了。

我們將面目全非的屍塊堆進敞篷車後座，旋即朝黑丘大郡出發。

不出所料，黑丘大郡的人早等著我們了，他們在社區入口停了一整排車，企圖阻止我們驅車進入。

「現在怎麼辦？」我問島田會長。

「當然是強行突破！」

島田會長方向盤一轉，我們的敞篷車鑽進那排汽車的狹窄間隙，成功闖入了黑丘大郡腹地。但他們的防禦措施不止設路障，當我們的車一開進去，躲在路旁的家庭主婦和小孩紛紛現身朝我們擲石頭。我們當然輸人不輸陣，牙一咬，拿起車上的屍塊便往外扔，手臂、手腕、手指、腳、耳朵、眼珠全扔了出去；從頭顱剝落下來的頭皮宛如假髮，被扔到一名主婦臉上，她頓時暈了過去。

「好了！撤吧！」島田會長倏地轉動方向盤，整輛敞篷車一百八十度大轉向，輪胎發出刺耳的聲響。

我們回到白金台社區沒多久，又聽到遠處逐漸靠近的引擎聲，而且這次來者似乎不止一輛車。我們正思考著該如何應戰，看到不遠處一條如蛇般的車頭燈隊伍正朝我們社區逼近，登時傻了眼。看樣子黑丘大郡那幫人這次出動的是摩托車隊。

摩托車的種類從七百五十ＣＣ的重機到媽媽族專用的菜籃車都有，五花八門，騎士個個手持部分屍塊，在我們白金台社區的道路上暢行無阻地穿梭，一邊撒下屍體的各部器官。有戶人家的曬衣竿上同時掛著絲襪和人腳，另一戶的信箱則晾著一片舌頭。

情勢至此，我們的憤怒也破了表。

「開戰吧！」

「打倒他們！」

全白金台社區的住民，有車的開車，有摩托車的騎摩托車，只有腳踏車的就騎腳踏車，而沒交通工具的則徒步邁向黑丘大郡。而當然，我們每個人手裡都拿著那個胖男人的一部分屍塊。

但是，黑丘大郡的人也不是省油的燈。我們一進攻，他們便重組更強大的隊伍回擊，於是我們也立即還以顏色。就這樣，這場戰爭持續了好幾天，屍體都化到只剩骨頭了，戰爭仍繼續著。

電視女播報員情緒高昂地報導著：

「是的，記者目前的所在地是白黑球場。現在這裡正在進行一年一度的白金鎮與黑丘鎮足球大賽，不過這個球賽與一般的足球賽或橄欖球賽有些不同，比賽規則非常簡單，只要把球放到敵方陣營就算贏了。而且最奇特的一點是，他們的比賽沒有人數限制，因此雙方的鎮民幾乎全部出賽。原本足球的起源便是來自於兩村之間互相搶球的祭典，因此這個大賽或可說是一場隔世傳承的遊戲吧。據說這個年度活動已經持續了數十年，兩鎮居民藉此增進感情，實在是相當美好的一件事。而且很有趣的是，這個比賽當中所使用的球稱作『枯蔞』，至於爲什麼要如此稱呼，當地居民似乎也不清楚。聽到『枯蔞』，我不由得聯想到『骷髏』，但我想兩者應該是沒有關聯的。以上就是記者在現場的報導。」

譯註：「白金（shirokane）」的日語發音近似「屍（shikabane）」，故有此篇名。

獻給某位爺爺的線香

三月一日　新島醫師突然叫俺（*1）開始寫日記。因爲醫師非常照ㄍㄨˋ俺，總不好拒絕人家。不過，爲什麼俺非寫日記不可啊？像俺這樣的老頭，又寫不出什麼名堂。他送了俺一大本日記本，俺還不曉得能不能活到寫完的那天呢。不過醫師那麼照ㄍㄨˋ俺，總不好拒絕他。說起來，這還是俺頭一遭寫日記，眞傷ㄋㄠˇ筋，天曉得該從何寫起。俺跑去問醫師，他說寫什麼都行，要俺把當天發生的事全寫下來，但俺的ㄋㄠˇ袋怎麼記得了那麼多事啊？結果醫師說，只要寫下記得的事就好了，所以，俺就寫啦。可是俺完全想不起來今天發生過什麼事，好像沒發生什麼事啊？俺還有印象的，就只有去醫院見到新島醫師時，他叫俺寫日記。這事兒已經寫下來了，那今天就先寫到這裡吧。好久沒握鉛筆了，手好疼。上次像這樣正經八百地寫字，好像是當年在工廠寫領班日誌的時候吧。一想到明天開始就得每天寫日記，俺就覺得心情沉重。好多漢字（*2）都想不起來該怎麼寫了，眞是的，俺以前會寫不少漢字的呀。不過，因爲醫師非常照ㄍㄨˋ俺，總不好拒絕人家吧。

三月六日　偷ㄌㄢˇ了幾天，俺又開始寫日記了。之前俺問了醫師，他說不必每天寫，想寫時再寫就行了，所以俺就拖到現在才寫。因爲俺這個人很ㄌㄢˇ散，可能要強迫自己每天寫比較好吧。醫師人很好，沒有責怪俺。不過俺想，俺要是偷ㄌㄢˇ沒寫日記，肯定會給醫師ㄊㄧㄢ麻煩的。

今天俺有很多事想寫。首先是一早起床，俺的ㄒㄧ蓋痛得不得了，這陣子每天都這樣。俺穿了兩件衛生褲讓ㄒㄧ蓋保暖，也不知道到底有沒有用，感覺只是穿心安的，最近連拄著拐杖都走不太動了。山田先生告訴俺，只要推輛嬰兒車撐著走，就會輕ㄙㄨㄥ許多，但俺實在不太想用那種東西。

還有，今天中午俺出去買東西，正要走出家門，發現忘了帶錢包，眞是傷ㄋㄠˇ筋。俺回頭翻遍全屋子，才發現錢包就握在俺的右手裡。最近老是這樣，看樣子俺眞的開始痴呆了，一天總會發作個好幾次，小事情都想不起來。搞不好要不了多久，俺就會變得跟岡本先生一樣了。他老是忘記剛吃過飯，一天到晚吵著要吃東西。他媳婦兒還到處向鄰居抱怨，街頭巷尾大家都知道了。俺才不要變成那樣。再說俺是一個人住，要是眞的痴呆了，根本沒人能

*1 日文中，男性第一人稱單數有多種用詞，包括：ぼく、おれ、おいら、わたし、わたくし、わし等，依說話者年齡、雙方地位等狀況分別使用。一般來說，年長者常自稱「わし」，本文中譯爲「俺」；年紀較輕的小男生自稱「ぼく」，本文中譯爲「小弟」。

*2 日本文部科學省國語審議會制訂了「常用漢字表」共一千九百四十五字，收錄法令、公文書、報紙、雜誌、廣播等日常社會生活場合所應使用的、在效率和普遍程度方面都具有較高水準的漢字，做爲書寫易解文章的漢字使用標準，爲現代日本所使用的漢字基礎；以外的漢字，日本人平日通常以平假名（類似中文的注音或拼音）書寫。兒童剛開始學寫字時，也是從平假名學起，再逐漸學習常用漢字，所以小孩子書寫時幾乎都是通篇平假名。本譯文中，爲對應原文裡主角將部分漢字以平假名書寫，譯文裡將部分較難漢字以注音表示。

ㄅㄤ俺。俺一定要在變痴呆之前死去，反正活到這把年紀已經夠本了。俺才不怕死呢！這輩子也了無遺ㄏㄢˋ，要是能在給別人ㄊㄧㄢ麻煩前死去就好了。

三月十日　今天俺去書店買了辭典。俺覺得還是盡量寫漢字比較好，日記裡要是出現太多平假名，看起來好像是小孩子寫的。所以俺跑去書店，卻不曉得該挑哪一本，正傷腦筋的時候，店員小姐過來問俺想找什麼書，俺如此這般地解釋一番後，她推薦俺一本紅皮的辭典。她說，這本辭典的字比較大，讀起來比較輕鬆。俺翻開一看，果然如她所說，戴上老花眼鏡查閱就沒什麼問題了。俺向她道謝後，買了這本回家，而現在俺就是查著這本辭典一邊寫日記。邊查邊寫相當費時，眼睛也好酸，今日就此擱筆吧。

三月十一日　今日俺又去了ㄊㄤˋ書店，因爲昨天那位店員小姐說過，要是俺有什麼問題可以去店裡問她。俺跟她說，俺在寫日記。爲了寫好漢字，俺邊查ㄘˊ典邊寫，可是眞的很累人，想請教她有沒有好建議？結果她說，不必勉強每個漢字都寫出來，有些字寫平假名也無妨。要是通篇都是難字，反而不易閱讀。所以，俺今天有些字就不查ㄘˊ典了，不過還是抓不太到什麼程度算是難字，可能還要練習一段時間吧。寫日記眞辛苦。

不過話說回來，那位小姑娘眞是個好孩子，人又親切，個性又溫柔。老伴扶美也很溫柔，說來這兩人長得還眞有點像呢。俺問她名字，她說她叫井上千春。果然是人如其名，聲音又好聽。俺要是有兒子，一定要讓他娶這好姑娘回來給俺當媳婦兒。不不，俺兒子配她可能太老，應該是俺孫子的年紀吧。

好久沒想起扶美了。俺把扶美害慘了，都怪俺身子有問題才生不出小孩，可是俺家親ㄑㄧ都怪到扶美頭上。錯根本不在她，但她都默默忍了下來。等俺下黃泉，一定要好好向她道ㄑㄧㄢˋ才是。

三月十三日 昨晚新島醫師打電話給俺，叫俺今天務必去醫院一ㄊㄤˋ。俺在想，一定是上次的檢查發現了什麼毛病。俺好擔心，可是擔心也無濟於事，俺都活這麼久了，到此結束或許也不錯。話雖如此，俺還是忍不住滿腦子胡思亂想，去到了醫院。

新島醫師針對俺最近的身ㄊㄧˇ狀況，東問西問了一番。俺跟醫師說：「別拐ㄨㄢ抹角了，請快點告訴俺身ㄊㄧˇ究竟哪裡出了問題，俺也好早死早超生。」醫師似乎聽不懂俺的意思，怔了怔才說：「喔，不是啦，今天我請你來，是有件事要拜託你。」俺聽得一頭霧水，像醫師這麼偉大的人，有什麼事會需要拜託俺呢？

醫師說，他想請俺協助他做實驗。俺問是什麼樣的實驗，他說是返老還童的實驗。據醫師說，返老還童可能不再是夢想了。俺嚇了一大跳，問醫師眞的辦得到嗎？醫師說理論上可以，而且經過無數次的動物實驗，他已經成功讓幾隻老鼠變年輕了。只不過，老鼠並無法一直維持青春，經過一段時間之後，還是會回復原狀。俺還是無法相信，就算醫學再怎麼發達，返老還童肯定是天方夜譚啦。因爲要是實驗眞的成功，早就是轟動世界的大消息了。可是醫師告訴俺：「這個實驗成果還是祕密，我也還沒對學界發表，所以也請你ㄅㄤ忙保密，好嗎？」俺答道：「俺不是大嘴巴，俺不會張揚的。」

俺問醫師爲什麼找上俺，他說因爲俺的條件剛好符合。由於是祕密實驗，接受實驗者最好是沒有家人又少與外界接觸的，而且當然身ㄊㄧˇ健康的比有病在身的要好。這麼看來，最適合的似乎就是俺了。

俺請醫師讓俺回家考慮一下，今天就先離開醫院了。但是俺回到家，怎麼想都覺得難以置信，這是在做夢吧？要是眞能返老還童就太美好了，雖然醫師說可能無法維持太久，還是很令人嚮往。

其實俺還有很多想寫的，可是ㄋㄠˇ子裡塞了太多東西，反而整理不出個頭緒，今天就先寫到這兒吧。俺差不多該睡了，今晚說不定會因爲太興ㄈㄣˋ而失眠。

三月十五日　俺跟新島醫師說，俺願意ㄅㄤ他做實驗，醫師好開心。醫師問俺訂在二十一日動手術好不好？俺說隨時都可以。可是醫師說，手術後可能暫時無法和親ㄑㄧ朋友見面，所以，如果俺有想見的人，最好趁現在見個面。俺告訴他，俺沒有想見的人。醫師說，總有一、兩位吧，要俺仔細想想看，然後去見個面。俺回到家後試著想了一下，還是想不出有什麼非見不可的親友。俺和鄰居都不熟，親ㄑㄧ也沒什麼聯絡；幾年前還有幾個朋友，都先後去天國報到了。現在俺的說話對象，就只有新島醫師而已。俺曾聽過有些ㄉㄨˊ居老人死了好幾天才被發現，俺常想，俺的下場一定是那樣吧。平常又沒人會上門，俺要是死了，恐怕要兩個月後才會有人發現，而且，發現俺屍ㄊㄧˇ的十之八九是房東那小毛頭。最近都是那傢伙來收房租，他要是發現俺死了，一定很開心，因爲他老是叫俺快點搬走。

寫到這裡，俺突然想起了井上千春。暫時見不到那女孩兒還滿難受的，明天去書店找她吧。她對俺那麼親切，眞想買個小禮物送她。不過俺一來沒錢，二來，俺又不知道年輕女孩喜歡什麼樣的東西。

三月十六日　今天白天，俺去見井上千春了。俺在車站前買了大福帶去送她，她非常開心，俺看著也跟著開心了起來。

俺跟她說，俺可能短時間內沒辦法過來了。她問俺爲什麼，俺說因爲俺要住院。她問俺哪裡不舒服，俺說身ㄊㄧˇ很健康，只是有點事要辦。她一臉擔心地叫俺要保重身ㄊㄧˇ，眞是個善良的女孩啊。

離開書店，俺沿著商店街一路逛回家。才一陣子沒出來逛，街上多了好多店，有些店根本看不出來在賣什麼，每家店都ㄐㄩˋ集了一大堆年輕人，全是老年人踏不進去的店。

晚上，俺打開電視，今天播的不是俺固定收看的武俠劇，而是足球轉播。最近的電視節目老是這樣，不管轉到哪一臺，都是些莫名其妙的節目，無聊死了。

三月二十日 手術就訂在明天，所以俺今天住進醫院了。俺不知道俺的身ㄊㄧˇ會被怎麼對待，有點害怕。俺還是不相信動手術就能返老還童。新島醫師對俺解釋了一大堆，但俺ㄋㄠˇ袋這麼笨，根本有聽沒有懂。俺乾脆對醫師說：「一切就交給您吧。」

醫師介紹了護士花田廣江給俺，說今後就由她負責照ㄍㄨˋ俺。花田小姐大約四十多歲，看起來人很好，她說有事儘管找她。俺跟她說，因爲不知道要住院幾天，俺的換洗衣物可能不太夠。花田小姐說：「反正過一段時間，你現在的衣服可能就沒辦法穿了。」俺問她是不是會尺寸不合，她說：「那也是有可能，但最主要是和你的外表不搭。」老實說，俺不太懂她的意思。

新島醫師問俺有沒有持續寫日記，俺回答說有，雖然不是每天寫。醫師要俺繼續下去。他看到俺的ㄘˊ典，說這本很不錯，俺聽了有點高興。晚上，醫師拿了一個看書用的放大鏡來給俺，不必手拿，直接放在書頁上，字就會放大許多，眞是ㄅㄤ了俺一個大忙。

醫院是晚上九點熄燈，但醫師特准俺到十點才熄燈，不過他說電視只能看到九點。俺沒差，反正又沒有俺想看的節目。

三月二十四日　三天前，手術完成了。俺完全不知道自己的身ㄊㄧˇ被動了什麼手腳，醒來時，俺已經全身裹著繃帶躺在床上了。俺還以爲俺全身都被切開了，但醫師說只有切開俺的ㄐㄧˇ椎和頭部而已。然而手術完那兩天，俺還是完全無法動彈，也不是說哪裡痛，只是全身無力。今天身子稍微能動了，所以俺寫了日記。新島醫師問俺感覺如何，俺回答說還好。俺累了，先寫到這吧。

三月二十五日　身ㄊㄧˇ覺得舒服多了。俺請花田小姐拿鏡子給俺，一看，俺的臉根本沒變年輕，手術大概是失敗了吧，但花田小姐說：「實驗才剛開始呢。」俺問她俺是不是還要動手術，她說不是，眞搞不懂她那句話是什麼意思。

三月二十六日　新島醫師來了，他拿了一臺類似相機的東西給俺看，說他想裝在ㄑㄧˊㄤ上。那並不是相機，而是能將拍下的影像傳送到電視螢幕播出的ㄕˋㄜ影機，他說要用這個來拍俺；要是俺不想被拍的時候，只要跟花田小姐說一聲就行了。俺有種被監視的感覺，心裡不太舒服，但看到醫師這麼拚命拜託俺，俺實在沒辦法拒絕。俺累了，先寫到這裡。

四月二日　將近一星期的時間，俺完全提不起勁，幾乎都在睡覺，也因此一直沒寫日記。不過今天莫名其妙地覺得精神很好，所以俺起床稍微走動了一下。俺問過醫師，他說今後或許還會突發性地覺得全身無力，不過這是無可奈何的，最佳的治療法，就是好好吃飯、好好地攝取營養。俺並不是因爲醫師這麼說才照做，但俺今天的確吃了不少，總覺得好久沒吃到這麼美味的食物了。俺對花田小姐說：「這裡的餐點好好吃喔！」她卻回俺說，那是因爲俺的身體渴求著營養。花田小姐常常往俺的手臂上打針，好像也是爲了幫俺補充營養。

不知道是不是因爲讓眼睛休息了好一陣子，今晚的視力狀況很好。平常總是很容易感到眼睛酸澀，今天卻沒事，辭典上的字也比平常看得清楚許多。

俺又餓了，但是今天不能再吃了，他們說這樣胃會吃不消，所以俺還是忍一忍睡覺去吧。

四月三日　今天一早就覺得怪怪的，並不是身體哪裡不舒服，該怎麼說呢……，有種很想舒展筋骨的感覺，要是躺著不動，老覺得全身發熱。俺跟新島醫師說了之後，他說他幫俺檢查一下，又是測脈搏又是量血壓的。但俺最在意的是，新島醫師旁邊多了兩名陌生男人。

後來俺問了花田小姐，她說那兩人都是醫師，對新島醫師的研究很有興趣；要是這個實驗成功，醫師就能名揚世界了。若眞是如此，那麼俺幫醫師這個忙也算是値得啦。

俺剛剛發現膝蓋不會發麻了，不知道是天氣回暖的關係還是手術的成效，總之這眞是太好了。

今天俺可以洗澡了。雖然醫院的員工浴室並不大，久違的泡澡讓俺整個人放鬆不少。是因爲泡了澡的關係嗎？覺得手腳的皮膚變光滑了。

四月七日　三天前，花田小姐帶了很多書來給俺，說是讓俺打發時間的，包括歷史書、政治書等等各式各樣。俺看不懂太艱澀的書，所以挑了當中唯一一本武俠小說來看。俺平常不太看小說的，沒想到這麼好看，俺一下子就入迷了，看了一整天。之後俺又請花田小姐幫俺買武俠小說來，但因爲俺等不及，就先翻開其他的書來看。俺看的是一本現代小說，敘述一對男女邂逅相戀，一開始俺還覺得很無聊，但看著看著，那對男女開始在幹那檔事，俺嚇了一大跳，因爲它描寫得非常露骨，原來現在這種色情小說也能出版啊？沒想到花田小姐會買這種書，然後，俺想起了井上千春。那女孩也賣這種小說嗎？雖然說是她的工作，也不該讓那樣的好女孩賣這種書吧？

還有，讀著這本小說時，俺的身體起了變化。俺不知道有什麼文雅的說法，借用小說的描述就是，俺的肉棒硬邦邦地站起來了，俺不知道已經多久沒這樣了。很猶豫該不該和新島醫師說，俺想了想，還是算了。

不過話說回來，小說家還眞厲害，俺要是也寫得出那樣的文章就好了。

昨天，醫師帶俺去另一間房間，那兒有怎麼踩都不會前進的腳踏車，還有鐵架組成的機械，醫師要俺試用各種器材，似乎是要測量俺的體力，順便讓俺鍛鍊身體。醫師認眞地看著俺練身體，一邊記錄著什麼。這些訓練，以後似乎天天都要做。

昨天訓練完，俺的身體沒什麼異狀，沒想到到了今天竟然全身酸痛得要命。俺跟花田小姐說了，她幫俺貼了鎮痛貼布。

四月九日　新島醫師是天才！他沒有騙俺，俺眞的變年輕了！今天俺深切地感覺到了。透過浴室鏡子看著自己的身體時，俺還以爲映在鏡裡的是別人。仔細一看，俺確定了這正是十年前的俺；光溜溜的頭皮長出短短的頭髮，肌肉也變結實了。

俺和花田小姐說了這件事，她說：「我們早就發現嘍。你現在看起來和我差不多歲數呢。」俺聽了是很高興啦，但她應該只是在說客套話吧。

晚上俺看電視時，覺得怎麼這麼大聲，於是俺將音量轉小了。要是之前的俺，一定會覺得太小聲根本聽不清楚。還有，俺現在幾乎用不到老花眼鏡了。

俺一定要好好謝謝新島醫師，他簡直是神吶！

四月十一日　醫院窗外的櫻花凋謝得差不多了。當下、此刻正流逝著的光陰，眞的是稍縱即逝啊。

花田小姐說，老人家才會自稱「俺」，她要我試試改用「我」。我嘴上說難爲情，但「俺」這個自稱似乎不適合我現在的外貌了，我只好硬著頭皮練習，舌頭都快打結了。此外，花田小姐還提醒我許多會話時用字遣詞必須注意的地方。我從前講話就講話，哪管那麼多，但似乎不知不覺間養成了老年人的說話語氣。

我問花田小姐，寫日記時的自稱是不是也該改用「我」而不是「俺」，她說反正日記不會給別人看，我用哪個都無所謂，不過用「我」會比較好。接著花田小姐送給我一本書，讓我當作寫日記的參考，那似乎是某知名作家的散文集。我今天本來想學學人家的敘述方式寫日記，但一旦要用到難一點的詞兒，就下不了筆，看來我該多讀點書才行。

還有一件好消息。新島醫師說我下星期可以外出了，只不過必須讓花田小姐跟在旁邊。我開玩笑說，那不就像是在約會了嗎？花田小姐卻露出一臉尷尬。也是啦，被個老爺爺這麼說，應該高興不起來吧。

總之，很久沒外出了，我非常期待。

四月十三日　今天是手術後第一次外出。由於怕遇到熟人被認出來，我戴了淺色太陽眼鏡，只不過鏡片是沒度數的，因爲我的視力已經恢復得差不多，老花眼全好了。

不止太陽眼鏡，花田小姐還幫我挑了衣物，而且全是高級品，但我有些不知所措，我年輕時根本沒穿過這樣的衣服。看到我猶豫著，花田小姐對我說：「沒問題的，你穿起來一定很好看。」於是我勉爲其難試穿了，站到鏡子前面，卻不敢細看鏡中的自己。新島醫師走過來，說了聲：「很好看喏。」我才放下心來。

醫師讓我自由外出，但我上了街也不知道要去哪裡，今天就交給花田小姐帶路。她提議先去逛逛鬧區，於是我們上了電車。擁擠的電車上沒有空位，我們面前就是博愛座，但坐在座位上的年輕人完全沒有讓座給我們的意思。花田小姐說，那是因爲我們兩個看起來不像老人家。其實我已經不像之前那麼不耐久站了，恢復青春眞好！

花田小姐帶我來到的街區人潮擁擠，名牌精品店林立。我們一路逛著走著，不習慣西裝和皮鞋的我，走起路來覺得怪彆扭的。我無法不在意旁人的目光，不知道人們是如何看我的呢？花田小姐見狀說道：「沒問題的，堂堂地邁出步子吧，你看上去是一位很氣派的紳士哦。」

我們逛了服飾店和畫廊，都是些充滿華美氣息的地點。我活到今天才知道，世上竟有這樣的地方、有著如此富裕的生活方式，眞的是開了眼界。一直以來，我只知道工作、吃飯、睡覺，以及老去，也打算就這麼死去。能讓我看到這麼繽紛的世界，就不枉我忍耐恐懼接受返老還童手術了。

在金飾店裡，花田小姐一直認眞地物色著女表，店員因此不斷向我推銷手表。他推薦的是夫婦同款式的手表，好像是叫「對表」。我向店員澄清我和花田小姐不是夫妻，店員當場一臉尷尬，花田小姐卻什麼都沒說，只是笑了笑。

到了晚上，我們前往法國餐廳用餐。我還是第一次踏進這麼高級的餐廳，點餐也交給花田小姐負責，她還教我刀叉的用法。我陶醉在這新鮮的體驗裡，其實有些食不知味，我想我接下來也該多學習美食等相關訊息才是。

回醫院的路上，我向花田小姐道了謝。多虧有她，讓我有了如此寶貴的體驗，我眞的非常開心。花田小姐說，她也玩得很開心。嗯，那就好。她眞是個令人感覺很舒服的好女人。

四月十四日　我今天一整天都待在病房裡和花田小姐聊天，這還是我第一次聽她聊起自己。她丈夫兩年前去世，之後她一直獨自生活，也沒有小孩。我說：「那不就跟我一樣嘛。」她聽了，微笑著點了點頭。

她說她四十三歲了，但看起來要年輕得多。不，應該說，我覺得她最近突然變年輕了。

也或許是因爲我有所改變，才會覺得她和先前不太一樣吧。總之，不知怎的，我這陣子忽然覺得她是位漂亮的女性。

我和她說，很想再和她出去約會，她也笑著點頭。我說的是眞心話，但她的心意如何，我就無從得知了。

四月十六日　我問新島醫師關於今後的事，我想知道我會年輕到什麼程度，又能夠維持多久的青春。

醫師說，他無法給我肯定的答覆。

老化意味著細胞的死亡，但根據新島醫師的研究，他發現並非所有老化的細胞都是徹底死亡的，有些細胞只是停留在假死狀態。這次的實驗，就是以特殊方法讓假死細胞甦醒，並促使其分裂出新生細胞。

因此，返老還童實驗並不是讓實驗體無止境地變年輕，頂多只能回復到開始老化的時間點。當然，光是能辦到這點就相當了不起了。人類的肉體是從二十歲左右開始老化，所以理論上能夠回復到當時的身體狀況。只不過這畢竟是理論，新島醫師無法保證一定辦得到，而且也很可能最多回復到我現在這個程度。

那沒關係。我能回復到現在這麼年輕的肉體，已經十分滿足了。

對我來說重要的是，這個狀態能夠持續多久。

醫師說，以老鼠實驗的結果是，約莫一、兩個月之後就會恢復老態，但不確定人體實驗是否會得出相同的數據。我問醫師有沒有可能永遠維持現在這個模樣，醫師說當然有可能，這正是他所追求的理想狀態。

今天，醫師幫我檢查了牙齒，發現我的牙齦變厚實了。我原本就只有牙齒特別健康，看來我是愈來愈硬朗了。

四月十九日　最近，我開始思考寫這本日記的意義。新島醫師當初要我寫這個，當然是爲了觀察我的身心變化，也就是說，這本日記總有一天會讓他人看到。一想到這，我就無法坦率地寫下內心話了。

我向新島醫師說了這件事，醫師的回答是，他並不打算看我的日記。他說他叫我寫日記，只是爲了讓我自己掌握這段寶貴時間內的身心變化。等實驗全部結束後，如果我對醫師們的提問一問三不知，那實驗就失去意義了。

我再度確認：「您眞的不會看嗎？」醫師斬釘截鐵地回答：「絕對不會。」

我之所以會執著於這點，是因爲我有件事很猶豫要不要寫出來。既然新島醫師都再三保證了，我決定相信他，將事情記下來。

我要寫的是昨天發生的事。昨天，我又和花田小姐出去逛街了，我們像上次一樣四處逛逛、一同用餐。

但接下來就不一樣了——我約了她開房間。我知道這樣的約會行程很蠢，但我這輩子活得這麼封閉，這是我唯一想得到的示愛方式。

我不認爲她會答應，而且很可能會因此討厭我。然而，她只是小聲地回道：「那你先去訂房間比較好吧……」我過了好一會兒才聽懂這代表她答應了。

至於在旅館裡發生的事，我沒辦法寫下來。總之，那宛如夢境般美好，我已經幾十年沒做過這種美夢了。一點都不誇張，我眞的覺得死而無憾。

然而結束一天的約會之後，花田小姐對我說：「這是我們的第一次，也是最後一次了。」我問她是因爲我年紀太大嗎？她搖搖頭道：「恰好相反。你接下來還會變得更年輕，而你遲早會覺得我是個中年婦女而嫌棄我。」我告訴她，無論我的身體如何變化，我對她的心意都不會改變。但她只是靜靜地微笑道：「話別說得這麼滿吧。」

我很煩惱，要怎麼做才能讓她明白我的心意呢？

四月二十一日　花田小姐似乎在迴避我。她只在有事時過來病房，而且總是找新島醫師同行，她還一直避開我的視線。

醫師告訴我，我的體力年齡已經恢復到三十歲出頭，醫師還叫我去理頭髮。我的頭上長滿了濃密的黑髮，量了一下，長度有十多公分了。

四月二十四日　我的體力年齡已經回復到二十多歲了。體能訓練的成效非常顯著，脫掉衣服後，看得到結實的肌肉，胸肌尤其明顯。

我去了趟理髮廳。老闆問我想剪什麼樣的髮形，我沒意見，他便幫我將兩側和後腦杓的頭髮打薄，清爽多了。鏡中映出的樣貌一如我的體力年齡，完全是個二十多歲的年輕人模樣。我回想著，自己當初在這個年紀時究竟做了些什麼。那時候我是個大頭兵，淨吃些不像樣的食物，在戰場上滿身是泥四處逃竄。火藥的臭味、長官的怒吼，戰場上的我根本沒心思思考這場戰爭究竟是對是錯，光是努力活著度過每一天就已耗盡我全部心力；只要能夠活著迎接夜晚的到來，暫時鬆一口氣之餘，接下來便是恐懼著不知道活不活得過明天。每天每天都是如此，我的雙十年華就是這麼度過的。

而現在青春回來了，我可以重新來過了。

步出理髮廳，我下意識地朝自家方向走去。我在商店街一帶漫無目的地閒晃，我想測試看看，應該沒人認得出我就是先前那個窮酸的老頭吧？不知不覺間，我來到書店前方。我看向店內，井上千春正在搬書，完全沒注意到我。

我不禁落荒而逃，衝回醫院去。不行，我現在這副模樣不能接近她。

回到病房，花田小姐正在幫我換床單。她看到我的新髮形，稱讚說很好看，但也只說了這句話，便急著要離去。我不由得伸手抓住她的右手，「等一下！」

然而，就在這一刻，我腦中閃過一個很惡劣的感想。我不知道她是否察覺到了，她只是溫柔地推開我的手，默默走出病房。

我抓著她的手時，心裡想的是——這雙手、這個女人已經開始走下坡了。之前感受到那充滿彈性的肌膚，如今卻無法滿足我。她上次說的就是這個意思嗎？我很不想承認，但我知道她說的沒錯。我對自己感到非常生氣。

四月二十五日　我眞是最差勁的男人。我很清楚，我和花田小姐相愛不過短短一星期，我對她的愛便已冷卻。今天她和新島醫師一道來病房時，我無法不去看她臉上的細紋以及手背鬆弛的肌膚。印象中她應該更年輕的不是嗎？——這個想法化爲近似焦躁的情緒，緊緊壓迫著我的胸口。

我不得不承認，隨著對花田小姐熱情的減退，我對另一名女性的思念也愈見強烈——那名女子就是井上千春。昨天的驚鴻一瞥，她的倩影已然烙印在我心口，揮之不去。

好想好想見她！這股思念難以遏抑，我想聽她的聲音，想和她說話，想見到她的笑靨。

我在鏡子前看著自己。我現在看起來到底像幾歲呢？二十五、六？還是三十出頭？總之，她應該認不出我就是那個頂上無毛的老爺爺了。換句話說，我可以試著以另一人的身分接近她吧？

我想等我再年輕一點，就去見井上千春。這個決定讓我喜不自勝，兀自想像著，我該如何接近她呢？該和她說些什麼呢？

我打算忘了和花田小姐之間的一切。我知道自己很無恥，但這也是無可奈何的事。

四月二十八日 我決定買新衣服，因爲我以往的打扮實在是太土了，可是我不知道現在的年輕人都上哪兒買衣服，猶豫了許久，我還是向花田小姐求助了。她帶了一些介紹年輕男性服飾的雜誌（好像是叫做「時尚雜誌」）來給我，問我喜歡哪些款式。我說不上來，她便幫我挑了幾件適合的，直接打電話給雜誌上的店家幫我訂購。

我向花田小姐道謝，說她是我的恩人。她只是搖搖頭，要我眞的不必在意她。

而且，她還建議我不妨改掉「我」這個自稱，改使用「小弟」。我說我從未用過這個詞，但她說這樣比較符合我的外表。

夜裡，我一個人邊看電視邊練習自稱「小弟」。說出口時，總覺得好彆扭。可是爲了和井上千春說話，我必須習慣這個詞才行。

這陣子，我那裡常常站起來；我窩在被裡時，也會不自覺地伸手握住。我對新島醫師說，希望能將攝影機的拍攝時間減少到一天兩小時就好，因爲要是二十四小時都被鏡頭監視著，總覺得靜不下心來。

醫師說他會考慮看看。

四月三十日　今天是值得紀念的一天。我想我一輩子都忘不了今天發生的事。

我一身新行頭上街去，目的地當然是千春上班的書店。

我戰戰兢兢地走進店內，她正坐在收銀臺內。我走到書架前，抽出那本紅皮辭典，就是之前她推薦給我的，然後我趁沒客人時走到收銀臺。她並沒有察覺我是誰，接下我遞出的辭典準備結帳。

「這本辭典好像挺不錯的哦。有人告訴我，妳曾推薦他買這本。」我開口了。

她訝異地盯著我的臉，接著似乎想起了什麼，問道：「你是那位爺爺的……？」

「孫子。我是他孫子。」我說：「聽說爺爺受了妳不少照顧，謝謝妳。」

千春燦爛地笑了開來，又仔細端詳了我一遍，「你們長得好像哦。」

「因爲有血緣關係啊。」

「爺爺的情況怎麼樣？還在住院嗎？」

「可能還要留院觀察一陣子吧。」我接著一鼓作氣問她什麼時候下班。

「我們書店九點打烊，不過我五點就下班了。」

「那麼，等妳下班，要不要一起喝杯茶呢？」我的心臟狂跳不止。

千春稍稍猶豫了一下，答應了。我提議在車站前的某間咖啡店碰頭，那是我事前調查好的。

我在咖啡店裡忐忑不安地等著，千春在五點十分左右出現了，一身可愛的藍色裝束。我從未見過她制服以外的打扮，一時之間還以爲認錯人了。

我和她聊起最近讀過的幾本書，因爲我只有這個話題可聊。雖然關於流行或最近的新聞，我並不是全然不知，但我沒把握能和年輕人暢談這些話題而不出糗。幸好，我的談話內容似乎沒讓她感到無聊，她畢竟是在書店工作的，應該相當喜歡看書，尤其她說她讀了很多西洋文學，我大感佩服。

我們在咖啡店裡待了兩小時，她開心地說，她好久沒有像這樣暢談書本了。聽來不像客套話，我也鬆了口氣。

後來，她問起我的職業。我想了想，告訴她我從事的是零件工廠的鑄模加工。她問我那是什麼，於是我又聊了一會兒關於金屬壓鑄的過程，我已經二十多年沒和別人聊過這話題了。

臨別時，我問她還能再見面嗎？她微微一笑點了個頭。那是一抹天使般的笑容。

五月一日 我今天又去了書店，和千春約好五點碰面。她如果不想見我，應該會拒絕吧？所以能確定的是，至少她不討厭我。

我們聊到她的身家背景。她說她上有雙親、下有妹妹，但她現在是離家在外一個人過生活，白天工作，晚上去專科學校上課，將來想成爲作家。

她還提到一件事，她說很少年輕人說話遣詞用字像我這麼拘謹。

「聽到你的說話方式，我會覺得自己好像也該客客氣氣地說話，這樣聊起天來會有點壓力呢。」所以她是希望我和她說話再隨興一點嗎？

回醫院後，我看電視研究了一下，還是好難。

五月三日 今天千春不用上班，我們相約去看了電影。連同昨天的碰面，今天已經是連續四天的見面了。

話說最近的電影眞是不得了，用了好多特效，看得小弟我驚叫連連。電影結束後，千春笑著說：

「平常看你總是比實際年齡沉著穩重，今天卻像個小孩似的。」她還加了一句：「怎麼覺得你的面容也變年輕了，看起來好像年紀比我還小呢。」

我不禁心頭一凜。其實，今天早上我也注意到了，雖然我對她說我目前二十五歲，外表看起來卻只有二十歲。我還在持續恢復年輕嗎？眞令人擔心，要是我再年輕下去，就沒辦法和她見面了。

看完電影後，我們去餐廳用餐，就是之前花田小姐帶我去過的那間。服務生看到我，多打量了我幾眼，不過我想他應該沒發現吧。

五月九日　新島醫師說小弟我太常外出了。的確，我這幾天接連往外跑；簡單講就是，我幾乎天天和千春見面。

因爲我渴望見到她。才剛道別，我又想見她，一秒都不願分開。

新島醫師似乎也察覺到我有固定見面的對象了，他說：

「我希望你不要與他人建立太深的關係，這是爲你好。我想你也很清楚，目前這個樣貌的你還能維持多久，沒人能保證。」

新島醫師爲什麼要這麼坦白呢！我當然知道，所以我才想趁現在多和千春見面啊！

我的身體好像已經停止年輕化了，現在大概是二十二、三歲左右，剛好和千春差不多，我稍稍鬆了口氣。不過眞能就此放心了嗎？我也沒有答案。

五月十三日　這是昨天發生的事，不過我昨晚實在沒心情寫日記。昨天，小弟我第一次和千春的朋友見面，一群人約在居酒屋。他們都是矢志成爲作家的伙伴，一共是兩男三女。

他們聊的話題太艱深，我完全插不上話。最近我讀了不少書，但文學理論對我來說還是太難。我只是喝著啤酒，沉默地聽他們聊天。

聊著聊著，他們不知怎的聊到戰爭上頭。那些事，我不願回想也不想聽，但他們的對話內容卻硬生生地流進我耳裡。

「那些老人家根本不覺得自己做錯事了啊！」一名男子說道：「以參與過戰爭自豪不已的老爺爺俯拾皆是，然而一提到慰安婦一事，他們就假裝聽不見。」

「每次提起日本對鄰近國家幹過的荒唐事，他們老是說深切反省深切反省，根本只是嘴上說說罷了。」

「沒錯，證據就是，擔負國家大任的那些傢伙根本不知檢討，不斷冒失地說出一些輕浮的發言。」

「眞是蠢。」

「腦袋不好啊，所以才敢對美國那種強國宣戰吧。」

「根本沒有深切反省嘛。」

「還有人說什麼『戰爭就是青春』咧！」

聽著他們的對話，我知道自己的臉色愈來愈難看，好想把耳朵塞起來。回過神時，我已經站了起來，對著茫然抬頭看著我的這群年輕人放聲大吼：

「你們懂什麼！哪裡輪得到你們講這些話！當年大家在戰場上可是拚了老命的！」

吼完後，我知道自己搞砸了這場聚會，可是我不後悔，我無法裝作什麼都沒聽見。

我轉頭走出店外。沒多久，千春追上來向我道歉：

「他們喝醉了，對不起，我忘了你和爺爺感情那麼好，沒有阻止他們亂說話，是我的錯。」

看來她以為我是考慮到爺爺的立場才發脾氣的。

我抬頭望向天空。壓著厚厚雲層的夜空不見星辰。

「雲層厚的日子最可怕了。」我說：「完全看不見B29(*1)藏在哪裡，只聽得見灰色天際傳來一陣引擎低鳴，逐漸逼近，接著是『鏘』的金屬聲響，停頓數秒後，『咚』的一聲，炸彈馬上下來了，根本來不及逃，總要等炸掉之後才曉得是哪裡遭到攻擊。他們說的沒錯，

*1 即B-29超級堡壘轟炸機。美國波音公司設計生產的四引擎重型螺旋槳轟炸機，為二次大戰末期美軍對日本城市進行焦土空襲的主力，亦為當時各國空軍中最大型的飛機，集各種新科技於一身的最先進武器之一。向日本廣島及長崎投擲原子彈的任務亦是由B-29完成，因此在日本有「地獄火鳥」之稱，多在夜間出動，低空進行燃燒轟炸。

這是場毫無勝算的戰爭，但是，我們有什麼辦法呢？」

「是爺爺這麼告訴你的嗎？」千春問。

我只是含糊地應了聲。

回醫院後，我洗了個臉，發現眼睛下方出現了細紋。

五月十七日 今天，我要寫寫這兩、三天發生的事。發生了很多事，但我一直下不了決心寫下來。雖然新島醫師向我保證他絕不會看這本日記，可是現在，我不再相信他了。新島醫師身爲研究人員，不可能忍著不看這本日記的。猶豫到今日，我決定提筆了，因爲我想以某種形式將我的第二人生記錄下來。這不是爲了別人，是爲了我自己。

先寫結論吧——我的身體確實開始老化了，而且速度非常驚人。就像數十年前我曾體驗過的，首先是頭髮有了變化，粗硬的毛髮減少了，取而代之的是柔細脆弱的髮絲，雖然還不至於太明顯，遲早我的頭髮會從額頭一路禿上去吧。

還有，臉部肌膚也不那麼緊實了，眼瞼鬆弛，魚尾紋加深。這張臉孔，怎麼看都不像是二十出頭年輕人的。

前天，我回住處一趟想打掃一下，因爲我曉得接下來和千春見面的次數有限，那麼至少一次也好，我想邀她到家裡擁抱她，做爲青春的回憶。

公寓外觀還是老樣子，長滿鐵銹的樓梯扶手、多處龜裂的壁面，全都維持原樣。

而我的房間，也和我離開當時一模一樣。雖然不過是兩個月前的事，卻彷彿好久以前的回憶。看到隨手扔在一旁的衛生褲，我想起自己平日穿的是這種東西；聞到房裡揮之不去的老人體臭，我想起這是我的味道。回頭接觸這些令我厭惡的過往，內心不知怎的竟有股懷念之情油然而生。

我再度體認到，總有一天我會回到這裡來，不得不變回當初那個孤獨老人。蜷曲的背、滿是老人斑的皮膚、瘦弱的四肢，每到涼颼颼的早晨，我又將爲膝蓋痲痺所苦了吧。

我終究沒有打掃房間，就這麼走出了公寓。我遇到鄰居岡本先生，他正推著嬰兒車蹣跚地走在路上。他看到了我，神情卻沒什麼變化，並不是因爲我變年輕了讓他認不出來，我想是因爲，他的眼中只映著遙遠某處的景色。有那麼一瞬間，我在他瘦弱的背影裡看到了自己。

昨天，我向千春道別了。爲了不讓她發現我的老化，我和她約在咖啡店某個陰暗的角落。我告訴她，我即將去遠方工作，不得不離開她。她一臉悲傷地說道：

「你會回來吧？」

「嗯，應該吧。」我接著說：「這段時間，我爺爺可能會代替我去見妳，好嗎？」

「爺爺可以出院了？」

「嗯，快了。到時候，妳能溫柔地對待他嗎？」

「那是一定的。」她說。

回到醫院，花田小姐在病房等著我。窗邊擺著花瓶，插了一朵白玫瑰。她彷彿知道發生了什麼事，過來默默地抱住我。我在她懷裡放聲大哭。

五月二十日　我拜託新島醫師讓我出院回家了。醫師原本面有難色，多虧花田小姐幫我說話。

我現在都盡量避免照鏡子或站到玻璃窗前，因爲我覺得我一定無法忍受看著自己日漸老化。

然而，老化仍然以各種方式出現提醒著我。我的肌耐力、持久力與心肺機能都明顯地減弱，一開始我還想透過體能鍛鍊抑制老化，但那就像在船艙進水逐漸沉沒的船上，以水桶舀水出去似的，只是徒增空虛罷了，所以我放棄了體能鍛鍊。

我不想變老，我想停留在現在此刻。神啊，幫幫我吧！

五月二十二日　花田小姐來公寓看我了。我對她說：「妳看，我現在啊，差不多就是我們當初約會那時的模樣吧。」她哭了。眞想叫她別哭，想哭的人是我好嗎！不過我現在的外貌年齡，已經不是能夠輕易彈淚的年紀了，我只好強忍著淚水。
視力障礙開始出現了，是老花眼。

五月二十三日 我不過在屋裡走動，卻老是絆到東西，看來我的運動神經已經嚴重退化。另外，看電視時也得將音量調大才行了。

五月二十四日 花田小姐又來了，但我沒讓她進屋裡，因爲我不想讓她看到我這副模樣。我只要看手臂上的皮膚就曉得，自己應該已經滿身皺紋了。
這陣子，我很害怕入睡。一想到自己醒來不知會變成什麼模樣，我只覺得極度恐懼。

五月二十五日 有什麼好怕的？我又不是變成怪物，不過是恢復自己原本的模樣罷了。這兩個多月來，醫師讓我做了一場好夢，這樣就很滿足了啊！不要再用什麼「我」自稱了，那只是假象。我是「俺」、是俺！

五月二十七日 俺還是很害怕。但到底在怕什麼，俺自己也不是很清楚。總之，俺感到非常恐懼。

五月二十八日 俺不知道自己現在是什麼模樣了，感覺像是回到原先的樣貌，又好像不是。無論變成怎樣，能夠確定的是，俺還是會持續老化，然後在不久的將來迎向死亡吧。

不要！俺不想死，不想死！

但俺又能奈其何？都活到這把年紀，不可能不去面對這事兒。

俺也會死吧？死了會去哪兒呢？會有人爲俺悲傷嗎？會有人在俺的墳前爲俺上香嗎？

動物家庭

肇洗完臉走向飯廳，家人早已圍著餐桌。

「你總算醒啦，還不快點把早餐吃一吃，媽媽今天有事要早點出門。」狐狸犬劈頭就是一陣高聲狂吠。

肇慢吞吞地坐到椅子上，對面坐著一身白襯衫的狸貓，他繫著皮爾·卡登的領帶，邊喝咖啡邊看報，戴著金框近視眼鏡的他完全沒抬眼看肇，而狐狸犬尖銳的吠叫似乎也沒傳進他耳裡。

「妳要去哪？」開口的是坐在狸貓旁啃著吐司的鬣狗，他穿著短袖T恤，露出袖口的手臂白皙細瘦，顯然從未鍛鍊過；而爲了掩飾自己的弱不禁風，他出門總會穿上黑色皮外套，他相信自己這樣看起來像一匹狼。

「去找朋友啊。」狐狸犬應道，一邊把盛著培根蛋的餐盤放到肇面前，培根邊緣焦黑，蛋黃也是破的。

「一定又是去看和服展吧。」肇隔壁的貓說道：「不知道這次又要花多少錢了呢……」

「我去看看而已。」狐狸犬難得回話這麼簡短，接著警戒地瞄了狸貓一眼，看來她要去逛和服展的事沒讓丈夫知道；但要是丈夫敢發難，她肯定會立刻嗆回去，那正是狐狸犬的看家本領，肇已經目睹了無數回。

然而狸貓只是不動聲色繼續看報——不，他只是裝作看報的樣子罷了，他不想一大清早就受到狐狸犬的高分貝攻擊，而且他很清楚，這種狀況下，以默不作聲回應是最有效遏止妻子浪費成性的手段。狸貓可不是普通的滑頭。

他緩緩闔上報紙，看了看手表說：「……我該出門了。」接著一口飲盡咖啡，站起身來。

「老公，今天晚餐想吃什麼？」狐狸犬問道。

「喔……今天就不必準備我的份了。」狸貓說著走出飯廳。

「是今天『也』不必準備你的份吧。」貓撇著嘴說道。狐狸犬則是佯裝沒聽見。

「那我也出門了。」鬣狗站了起來，但他並不是要去大學上課，而是去駕訓中心。下個月他就滿二十歲了，現在的成年男性幾乎人手一張普通汽車駕照，鬣狗非常恐懼跟不上時代，不然他是絕不可能這麼早起的。

「哥，你那麼認眞考駕照幹嘛？哪來的車？」貓問道。她的意思是要鬣狗說清楚買車的錢從哪兒來。

鬣狗顯得有些狼狽，望向母親問道：「妳和爸提過了嗎？」

「還沒啊。」狐狸犬冷冷地回道。

「爲什麼不幫我跟爸講！」

「你要買的是跑車耶，我怎麼開得了口。」

「跑車？」貓皺起眉頭，「你要爸買跑車給你？太過分了吧！爲什麼只有你有！」她氣呼呼地說道，彷彿全身的毛都豎了起來。

「囉唆，妳也可以坐我的車啊。」

「誰要給你載。媽！如果你們要買車給哥，那我也要同等金額的零用錢，不然太不公平了！」

「妳閉嘴啦。」鬣狗瞪著貓，貓也不甘示弱哈氣似地挑釁著。

狐狸犬一臉嫌煩的神情，揉著太陽穴道：「我們家有車啊，你就開那一輛吧，反正你爸很少開。」

「就是啊，你開那輛不就好了。」

「誰要開那種老爺車啊，又不是在開個人計程車！」

「反正我跟你爸開不了口啦。」

「呿！小氣！」鬣狗踹了椅子一腳，轉身出門去。

貓也站了起來，一身制服的她還是高中生，轉過身望著碗櫥玻璃，頻頻梳理頭髮。那髮形是學自某位如波斯貓般氣質高雅、容貌秀麗的女明星。她一味仿效人家波斯貓的外表，卻不想想自己是隻雜種貓，拚命模仿只是顯得滑稽。

「媽，給我零用錢。」

「前兩天不是剛給過嗎？」

「那麼一點，早就用完了。」

狐狸犬嘆了口氣，心不甘情不願地給了她五千圓，貓還嫌少似地撇了撇嘴，收下錢說道：

「我剛才是說真的哦。」

「什麼真的假的？」

「如果你們要買車給哥，那我也要相同金額的零用錢。」

「不會買給他的啦。」

「我……」肇開口了，「呃，我想要新的書桌……」正值變聲期的他沙啞地囁嚅著。

但他的話完全被兩人當成耳邊風。狐狸犬逕自走向流理臺，貓則是撩著頭髮丟了句：

「聲音難聽死了。」便出門去了。

「那個……，媽……」肇努力出聲追問：「我的書桌……」

「別吵了，趕快吃一吃，再拖下去就要遲到了！你不快點吃完，我也沒辦法收拾餐桌，你不要害我遲到啊！真受不了你這孩子，老是拖拖拉拉的。你看看！你又吃得麵包屑掉滿地！真是的，光會給我添麻煩！唉，真的很受不了你耶！」狐狸犬不斷地尖聲吠叫。

肇已經不記得何時開始，身旁的人在他眼中幾乎都成了人類以外的動物。

照理說還未碰觸到對方的個性時，肇看到的只會是普通的人類；然而他通常只消見到對方一眼，映在他眼中的對方便開始變形，最後化爲某種動物。不過這不代表他眞的看到一隻動物站在他面前，應該說，肇望著眼前的人類，腦中卻衍生出另一副動物的形體，兩種影像訊息混在一起送入大腦辨識，最後在他的理解就是某某人等於某某動物。因此，肇倒是不會搞不清楚眼前的究竟是人類或是眞正的動物。

至於對方映在肇眼中會是哪種動物，要視對方給他的第一印象而定。不過肇看人的眼光很準，從不曾和對方熟稔後又發現對方是另一種動物。

肇走出家門朝學校走去。他讀的是公立中學，但他的哥哥和姊姊沒讀過這所學校，他們從小便被送進某私立大學的附屬小學，一路直升上去，所以哥哥現在念的就是該所私立大學，姊姊則是念附屬高中，兩人都不曾經歷過升學考的試煉，姊姊明年春天也打算直升同一所大學。

肇當初之所以沒和他們一樣被送去念私立小學，單純是因爲經濟不景氣。父親公司的業績持續下滑，生活不像從前那麼優渥，孩子的教育費也不得不縮減。那所附屬小學的註冊費和學費遠遠超過公立學校，而且最重要的是，要進去就讀，家長必須送錢給某位有力人士關說才行。肇的父母先前也是花了大把銀子才把哥哥姊姊送進去，換句話說，他們家曾經負擔得起那筆金額，可是等到肇要上小學時，家境已經大不如前。

「只要肯努力念書，想進哪間學校都考得上的，這樣不是很好嗎？」母親如此安慰……不，如此敷衍他。另一方面，或許肇讀公立學校代表了這個家的經濟能力下降，她也極力想忘卻此事。

此外，哥哥和姊姊兩人也因爲自己念的是私立學校，多少對肇有些輕視。雖然他們並沒蠢到不明白肇受的委屈，對這事也有些良心不安，但爲了抹去那令人不快的負面情緒，他們倆總是盡可能無視肇的存在。

至於父親，他的心已經完全不在這個家庭上了。本來還會稍微關心一下長男和長女的教育，到了老么要上學時，他只覺得厭煩。他的心思都放在家庭以外的事物，好比如何鞏固自己在公司的地位，以及最近很熱中該如何討情婦歡心。其實他們家人都隱約察覺到這名情婦的存在，肇也很肯定父親一定在外頭偷腥，因爲他發現某一天，父親身上的味道變了，並不是指物理性的實際味道，而是精神性的「氣味」。

肇家裡還有一名成員，那就是住在一樓三坪半榻榻米房的祖母。幾乎成天都窩在被裡的她，映在肇的眼中是隻白狐——一隻毛幾乎掉光的孱弱白狐，然而她的目光總是帶著一抹異樣的精氣，像在訴說著：「我都這把歲數了，怎麼不快點讓我解脫呢？」其實這正代表了她對求生的執著。

這隻白狐很討厭狐狸犬，而當然，狐狸犬也同樣憎惡她。

肇一踏入教室，就看到大鯢（*1）身旁圍著一群跟班。這條滿臉痘痘的大鯢不但是班上的老大，還是全二年級不良少年的頭頭。

他們在玩花牌（*2），只見變色龍一邊發著牌，一邊對大鯢拍馬屁。大鯢伸直跨在桌上的腿，輕輕戳了戳變色龍的頭，變色龍不住地咧嘴傻笑。這隻變色龍在肇等同學面前，可是個會全身發紅囂張不已的凶神惡煞。肇決定當作沒看見這群人，因爲要是不小心對上了眼，很可能會被抓過去玩花牌，而且這些傢伙總是隨意改變遊戲規則，肇是絕對不可能贏的，輸了還得雙手奉上零用錢。

導師山羊進教室了，大鯢一群人仍然繼續玩牌。山羊板起臉來說道：

「同學們，上課鐘早就響了哦，你們快點回座位吧。」山羊像在咩咩叫似地喚了幾聲，發現大鯢那群人完全沒理會他，只好兀自咕噥著開始點名，交代完必要事務之後，便悻悻地走出教室。

其他教師也好不到哪去，他們頂多稍微警告一下意思意思，根本管教不了不良少年的行徑。只有當這群人集體蹺課時，教室才會安靜下來，那種時候，站在講臺上的教師完全不會追究這群人蹺課去了哪裡，反而是暗自鬆了口氣。教師們之所以會採取如此消極的態度，是因爲前陣子才有一位年輕老師私下遭這群不良學生襲擊，被打到腿部骨折，原因就出在他先前曾和這群少年槓上。

午休時間，肇走出教室打算去買麵包吃，先繞去廁所小便，一走進廁所，裡頭繚繞著菸味，這是常有的事，肇並不以爲意。他洗著手一邊看向鏡子。

鏡中映著一隻灰色爬蟲類，不，或許該說是兩棲類。能確定的是，肇從沒見過這種生物——眼中寫滿了恐懼，異常光滑的皮膚沾附著又滑又黏的皮脂。姊姊總是說他氣色很差。

肇每次照鏡子，總不禁思索自己究竟是何種動物。單純只是姊姊口中某種氣色不佳的生物嗎？還是有可能再轉化爲其他生物？肇自己也不太清楚。可能的話，他很想變成別種動物。肇很討厭自己，自己這個懦弱、不顯眼、毫無優點的人類，一想到班上究竟有幾個人認同他，肇毫無把握。班上女生幾乎都對他視而不見，在肇的眼中，那些女生和姊姊一樣是貓，他從沒和女同學交談過。這群貓之中，有些過了二、三年後會轉變爲山貓或豹，對肇來

*1 日本大鯢（*Andrias Japonicus*），由於其身有山椒味道，俗名大山椒魚，實屬兩棲動物，和魚類絕無關聯，爲日本一級保護動物。

*2 「花札」，日本傳統紙牌遊戲，紙牌上畫有十二月份的花草，整副牌共四十八張。

說完全是遙不可及的存在。

愈是照鏡子，肇愈是討厭自己。他正要走出廁所，某間廁所門突然打開，大鯢和變色龍走了出來，周身繚繞著灰色煙霧。

「喂，站住！」急著想離開的肇被大鯢叫住。大鯢早過了變聲期，說話嗓音像個中年男人。

肇被逼到牆邊，大鯢和變色龍上上下下打量著他。

「借點錢來用用。」大鯢說。

肇搖了搖頭，說道：「我、我沒有錢……」依舊是那沙啞的嗓音。聽在大鯢和變色龍耳裡，只覺得這個獵物是因爲恐懼而啞了嗓子。當然這也是部分原因。

變色龍一把揪住肇的衣襟，「少來，你有錢吧？」

「錢包在哪？」大鯢粗魯地問道。變色龍立刻伸手到肇的褲子口袋裡搜出錢包打開來，裡頭有一張一千圓鈔票。

「這不是有錢嗎！」變色龍說。大鯢早已走出廁所，因爲東西已經確定到手了。

「那是我的午餐錢……」

「少吃一餐又不會死。」變色龍扔下這句話，追上老大的腳步。

肇將空空如也的錢包放回口袋，蹣跚地穿越走廊。他心想，要是我念的是私立附屬中學，就不會遇到這種事了。

放學後，肇回到家門前，身後忽然有人叫他。回頭一看，對方是年約三十、濃妝豔抹的女人。

「這是你家嗎？」女人問。

肇點點頭，應了聲：「是……」依舊是粗啞的嗓音。無法清楚地出聲，讓肇相當煩躁。

「這樣啊……」女人目不轉睛地盯著肇瞧。她塗得血紅的雙唇間，紅色舌頭若隱若現。

就在這一瞬間，女人在肇的眼中化爲白蛇，全身散發著妖氣，肇不由得縮起身子。

蛇從包包拿出一個四方包裹，「把這個交給你爸。」

「給我父親……嗎？」

「是呀，要偷偷地給他哦，千萬不能交給你媽，知道嗎？」她意有所指地嫣然一笑便離去了。肇握著小包裹，茫然地望著女人的背影好一會兒。

家門是鎖著的。肇繞到門柱後方捧起盆栽，花盆下方藏著備用鑰匙，他以備鑰打開了家門。

肇沒有自己的房間。二樓雖然有三間房，哥哥和姊姊各占一間，另一間則是父母的寢室。本來肇和姊姊共用一間房，姊姊一上中學，肇就被趕出房間了。現在二樓走廊放著一張哥哥用過的舊書桌，那兒就是肇的讀書空間，夜裡他就在父母兩張床旁邊的地上鋪被子睡覺。

肇將書包放到書桌上。這張書桌以及桌旁那個充當書櫃的組合櫃就是肇的全部家具。桌旁立著一支球棒，組合櫃上頭擺了一個玻璃箱，裡面釘著一隻鳳蝶標本，這是小學同學橋本送他的禮物。橋本是肇唯一的朋友，他們曾一起去捕蟲兒，這個蝴蝶標本就是橋本轉學時留給他的紀念品，肇也送了他蜻蜓標本做爲餞別禮。

之後，肇就再也沒交到任何知心朋友，因此對他來說，這個標本是非常重要的寶物。橋本轉學後，兩人還通信了一段時間，後來畢竟是不了了之，現在已經完全沒聯絡了。儘管如此，肇還是一直當橋本是他最好的朋友，也深信橋本還沒忘了自己，仍然珍惜著肇贈送的蜻蜓標本。

肇在父母寢室換掉制服後，開始思考該如何處理這個小包裹。得藏到母親找不到的地方才行，不過在那之前，他想知道裡頭裝的是什麼。

肇以指甲小心挑開封住包裹的膠帶，小心翼翼地打開來，裡面是一卷錄影帶。

父母寢室裡有一臺十四吋電視和錄放影機。他滿懷好奇與期待，將帶子放入錄放影機，按下播放鍵。

螢幕出現一張床，上頭是一對一絲不掛的男女。肇嚇得心臟都快跳出胸口了，但更驚人的還在後頭。

畫面上的全裸胖男人是狸貓——也就是肇的父親，而那個裸女就是方才那條蛇。

狸貓挺著啤酒肚撲到蛇身上，蛇嘶嘶地吐著血紅的蛇信彎起身子。狸貓呻吟著，接著獸性大發舔遍蛇的全身，撫遍她的肌膚。蛇舔了舔唇，白皙的肉體纏上狸貓。雙方身上都沾滿彼此黏滑的體液，光看都覺得臭。狸貓被蛇纏住全身，一臉恍惚；而蛇似乎很滿意狸貓的反應，也是一副品嘗著快感的陶醉神情。畫面上的狸貓與蛇緊緊交纏，猛一看還看不出個所以然。狸貓翻起白眼，蛇則漾起一抹笑意。

肇勃起了，同時一股強烈的自我厭惡湧上心頭。看著父親的偷情畫面竟然會感到興奮，他覺得自己和他們一樣骯髒下流。

他倒回帶子，將包裹恢復原狀，藏進書包裡。

這晚的菜色是炸豬排和炸蝦，全是狐狸犬從超市買回來的現成熟食。她早上說只是出門一下，卻直到傍晚才回到家。要不是肇今晚有補習，她一定會更晚回來。補習班的課是七點開始，所以肇週一到週五的晚餐都是六點多時獨自解決。肇不清楚狐狸犬是什麼時候吃晚餐的，應該是和更晚回家的鬣狗或貓一起吃吧，但這兩兄妹也常玩到很晚才回來。總之，這個家已經好幾個月不曾全家團聚吃晚餐了。

狐狸犬今天在和服展上似乎沒有斬獲，看她臭著一張臉，肇並不打算把那卷狸貓和蛇的偷情錄影帶拿出來，那只會讓事情更複雜，再者他根本不覺得母親有什麼好同情的，因爲他見過母親同樣背著父親做出那種事。肇還在念小學時，有天忘了帶畫具，和老師報備後返家去拿。那一天白狐剛好不知跑哪兒去了，家裡應該只有狐狸犬在，肇在門口卻聽見客廳傳來奇怪的聲響，他往客廳一窺，看到的是全身赤裸的狐狸犬和一匹馬交纏著身軀。那匹馬是那陣子常上門拜訪的推銷員，一身健壯肌肉，感覺是個只有體力可取的傢伙，他正如同眞正的馬般從狐狸犬身後壓上，下半身全力扭動著；狐狸犬也如同眞正的狗一樣四肢著地趴著，汗水滴滴答答地落到地毯上。肇看著狐狸犬腹部晃動的游泳圈，一時間覺得她似乎化成了一頭母豬。

憶起那件事，肇已經非常不舒服了，沒想到更令人鬱悶的還在後頭——那頭老白狐出現了。每到肇的晚餐時間，她都會出來飯廳覓食。

「哎呀，又買那種油膩膩的食物回來啊。」白狐一看到炸豬排和炸蝦，擺出一臉可憐兮兮的表情，邊說還邊撫著肚子，但他們都曉得這只是白狐的演技。

「有醬菜啊，要吃嗎？」狐狸犬的聲音毫無抑揚頓挫。

「醬菜？對啦，反正我是老人家，吃醬菜是無所謂啦……」白狐打開冰箱看了看，「哎呀呀，什麼也沒有耶，這是要怎麼做菜呀？」

白狐顯然在挖苦狐狸犬老是買熟食不做菜，狐狸犬頓時挑起了眉。

白狐關上冰箱門，手指順勢輕輕劃過冰箱表面，皺著眉說道：「啊呀，這麼黏，是積了多久的油污沒清啊。」

想必狐狸犬正惡狠狠地瞪著白狐吧，但白狐只是漠然地說道：「沒辦法了，我只好將就著吃吧。」

說著她拿起一盤炸豬排和炸蝦，盛了一碗白飯，連同醬菜放上餐盤就端回房去了。狐狸犬隨後起身，「碰」的一聲甩上飯廳門，灰塵都揚了起來。

飯廳裡的氣氛愈來愈不妙，狐狸犬的怒意直線攀升，肇有不好的預感。狐狸犬依舊站在門旁，轉頭質問肇：「肇，補習班上次的考試成績呢？聽說人家村上考進前十名了，你考第幾名？」

「呃……二十……」又發不太出聲音了，肇乾咳了咳，低下頭說：「二十三。」

「什麼？二十三名？」狐狸犬晃著肥胖的身軀，一屁股坐到肇對面的椅子上，「那是什麼鬼成績，怎麼又退步了？你在幹什麼啊！」說著往桌面一拍，水杯裡的水隨之晃動，「你到底有沒有認眞念書？你以爲我是爲了什麼讓你去上補習班的？人家村上和山田都進步了，爲什麼只有你走下坡？眞是受不了你，丟盡媽媽的臉！你到底在想什麼啦，振作一點行不行？你不考上好一點的高中，我很沒面子耶！」狂吠持續著。

九點，補習班下課了。肇回到自家附近，看到路旁停著一輛ＢＭＷ。車門打開，下車的是貓，肇連忙躲到一旁的郵筒後方。

車內伸出一隻手抓住貓的手臂，想把她拉回車裡。貓似乎也不排斥，甜甜地「喵——」了一聲便回車內。

肇定睛一看，看得到車窗內人影蠢動著。沒多久，貓又下了車，制服襯衫胸前的釦子沒扣上。她對著車內的男人揮了揮手道別，ＢＭＷ揚長而去。

「喂。」叫住貓的不是肇，而是蠶狗，他從另一個方向跑來貓跟前，劈頭便問道：「那人是誰？」

「不關你的事吧。」

「少來。那男的看上去挺有錢的嘛。」

「還好吧。」貓邊走邊回話。

「等等，妳身上有菸味。」

「眞的嗎？糟了。」貓聞了聞衣袖，「眞的耶，多待一下再回去好了。」

「剛才那個男人的事，我幫妳保密，不過妳要幫我向老爸要買車錢。」

「哼。」貓冷笑一聲，「不可能的啦，我們家哪有那個錢。」

「多的呢，我們家又沒什麼貸款。」這是事實，因爲他們家那塊地皮是祖父留下來的。
「接下來會很需要錢，他們好像想把老太婆送去老人院呢。」
「老太婆啊……」鬣狗皺起眉，「何必爲那種老太婆費心，反正她要不了多久就會死了啦。」
「我也這麼覺得，可是『歇斯底里』好像再也受不了她了。」
「歇斯底里」指的是狐狸犬。
鬣狗啐了啐，「老媽也眞是的，不爽就趕快離婚啊！幹嘛巴著那個禿頭老爸？」
「老媽哪敢呀，她根本沒有能耐賺錢，一個人活不下去的啦。」
「煩死了，老媽八成也會活很久吧，就跟現在家裡那個老太婆一樣。」
「『老頭』也是個老不死啊。」「老頭」指的是父親狸貓。
「這對臭老頭和臭老太婆。」
「等他們老了，誰負責照顧他們呀？」貓一副事不關己的語氣問道。
鬣狗盤起胳臂說：「我是想要這棟房子啦，但我才不要幫他們把屎把尿。」
「哪有好處都給你占盡的！」
「不然這樣吧，先由我照顧他們，房子我就收下了。我會馬上轉賣，到時候再分妳一點錢吧。」

「什麼叫分我一點？本來就是我應得的吧。」

「聽我說完嘛。等錢到手後，我會另外買房子住。」

「那爸媽怎麼辦？」

「管他去死，妳不想照顧的話，不是還有一個人能接手嗎？」

貓咯咯笑了，哼著歌似地說了句「真可憐吶——」接著問鬣狗：「可是萬一肇不肯呢？」

「放心啦，要誆那傢伙還不簡單。」

「也是。」貓欣然同意。

晚上十一點半左右，狸貓回家了。狐狸犬、鬣狗、貓和白狐全窩在自己房裡，這家人入夜後都是這樣，只剩肇一人留在走廊書桌前寫作業。

他走下一樓，看到狸貓在廚房倒水喝。狸貓看到兒子下樓，神色有些狼狽。肇心想，父親應該是剛和蛇碰過面吧，不曉得父親知不知道蛇跑來家附近的事。

「這給你。」肇說著遞出小包裹。

「這是什麼？」

「今天有個女人拿給我的，要我轉交給你。」

一聽到「女人」兩字，狸貓臉色驟然一變，問肇：「你媽知道嗎？」

肇搖搖頭，狸貓似乎鬆了口氣。

「大概是公司同事吧，嗯，沒必要讓你媽知道啦。」狸貓搖了搖包裹，瞬間又沉下臉，大概是察覺到裡面裝的是錄影帶，至於內容是什麼，他可能也心裡有數。

「那麼晚安了。」肇說道。

「嗯，晚安。」狸貓的語氣難掩焦急。

肇假裝要回二樓，一走出客廳門，便躲在門後豎耳傾聽。狸貓最近都不回寢室睡覺了，蓋條毯子就睡在客廳沙發上。

肇聽到打開電視的聲響，接著是「喀嚓」一聲，應該是狸貓把帶子放進放影機裡了，但很快又聽見退帶的聲響，他似乎只是播放一下確認影帶內容。

「喂？是我。」隔了一會兒，狸貓在講電話，「我兒子把帶子交給我了。妳剛才爲什麼不告訴我？……妳那是什麼話，存心爲難我啊？要是被我老婆發現怎麼辦？……別鬧了，玩笑不是這樣開的！總之妳不要再做這種事了。……我知道，我會想辦法啦。……嗯，放心啦，那女人也想離婚啊。……嗯，嗯，小孩無所謂啦。」

肇躡手躡腳地走上二樓。

某個星期天早上，白狐被送進老人院了，她似乎也是在前一晚才被告知這件事，肇心想，難怪那晚白狐會在佛壇前念經念到三更半夜，那誦經的語調含著難以言喻的深深怨懟。

當天晚餐時間，一家子難得在餐桌前齊聚一堂，因爲要討論如何利用空出來的白狐房間。他們每個人都很清楚，每當召開家庭會議，一定得盡早表明自己的立場才不會吃虧。

然而這次根本毫無商量的餘地，狸貓一開口就說：

「我一直沒有自己的工作空間，那個房間就給我當書房吧！有客人來的時候再當客房用就好了。」

狐狸犬、鬣狗與貓全鐵青著臉，臉上寫著「你這從不在家工作的人要書房做什麼！」而最失望的就數肇了，因爲難得家裡有房間空出來，終於能夠重新分配使用空間，他一直很期待能趁這次機會擁有自己的房間。

「還有，我看了一下房裡的東西啊……」狸貓繼續說：「壁櫥裡面除了奶奶的東西，還塞了一堆有的沒的。那裡不是倉庫，你們自己的東西拜託搬回自己的房間去，知道嗎？」

鬣狗和貓臭著一張臉，因爲那些東西正是他們房裡的雜物，兄妹倆總是把用不著的東西隨手扔進紙箱，箱子塞滿了就搬去白狐房裡的壁櫥堆著；狐狸犬也做了同樣的事。

「我房間的櫃子太小了啊。」鬣狗說。

「我的也是。」貓接著說道。

「那就麻煩你們整理一下，能丟的就丟，能收的就收，自己的空間要自己打理吧！」

鬣狗和貓毫不掩飾內心的嫌惡。他們從沒把狸貓放在眼裡，現在居然被狸貓厲聲教訓，兩人的自尊顯然受了不小的刺激。這兩人的自尊遠比他們的體形巨大。

我也想要自己的房間。——肇很想這麼說，無奈仍然發不出聲音，他已經搞不清楚這是不是變聲期的影響了。肇只是沉默著，因為他很清楚，說了也是白說，這些人是絕對不會給他一間個人房的。要是他提出了要求，只會被狐狸犬罵：「你先把書念好再說！」還會被鬣狗和貓冷嘲熱諷，而狸貓只會裝作什麼都沒聽到吧。

肇去上廁所，站在洗臉臺前望著鏡子，鏡中依舊是那隻爬蟲類動物，但皮膚的顏色有些不同了，微微發黑的皮膚開始有些凹凸不平。

他對著鏡子張開嘴巴，試著「啊——」了一聲，好像比較容易發出聲音了。

隔天學校午休時間，肇被叫進教職員辦公室，導師山羊和訓導處的鬥牛犬正等著他。鬥牛犬直接問肇，他是不是被變色龍勒索了。肇否認。

「沒有嗎？」鬥牛犬臉頰上的橫肉晃動著，「有人看到你在廁所拿錢給他們哦。」

肇心頭一驚，他沒想到有人目睹那一幕。而看到肇的反應，鬥牛犬一副了然於心的語氣問肇：「和老師說實話。你借錢給他們了吧？」

肇點頭。
「好，老師明白了。」鬥牛犬點了點頭，一旁的山羊只是默默聽著。「你借了多少？」
「一千圓。」
「還你了嗎？」
肇微微搖頭。
鬥牛犬又點了點頭，接著以訓人的口吻對肇說：「好了，你可以回教室了。以後要是遇到這種事，要清楚表達自己的立場，不想借錢就說不想借，無論對方是誰都一樣。明白嗎？」
肇一回到教室，大鯢和他的手下正聚在一起鬧嚷嚷的。肇回座位縮成一團，這時山羊忽然進教室來，戰戰兢兢地叫大鯢和變色龍去教職員辦公室。不良少年二人組剛開始有些意外，旋即聳了聳肩，大搖大擺地走出教室。
第五堂課上到一半，兩人回教室了。講臺上的教師似乎知道他們上哪兒去，什麼都沒問。肇不敢看向兩人，因爲想也知道發生了什麼事——這兩人一定是因爲肇的證詞，被鬥牛犬抓去痛罵一頓。
第五堂課的下課時間，肇一直膽顫心驚地坐在位子上不敢亂動，總覺得那兩人隨時會過來興師問罪，但兩人並沒來找他。

最後一堂課和班會結束後，肇混在一群同學當中離開了教室。一路低著頭的肇悄悄確認四下，依舊不見那兩人的蹤影，他放下心中大石，看樣子這次不會遭到報復了。

然而數分鐘後，肇就明白自己有多天眞了。那兩人埋伏在他的回家路上，肇根本無處可逃，呆若木雞愣在當場。

「過來！」變色龍一把抓住肇的制服袖子，把他拖進暗巷。

大鯢從口袋掏出一千圓，塞進肇的胸前口袋，說了句：「還你了哦。」那嗓音寒氣逼人，陰險的眼神瞪著肇。肇的雙腿不住地發抖。

大鯢稍稍退了開來。肇鬆了口氣，以爲能夠全身而退，不料大鯢露出猙獰的嘴臉，下一秒，肇的臉重重地挨了一拳，眼前浮現一團漆黑，回過神時已一屁股坐在地上。肇花了好一會兒才意識到自己挨揍了，臉頰整個腫了起來，隱隱發疼。

變色龍揪住肇的衣襟恐嚇：「你要是敢再去打小報告，當心我宰了你！」

肇嚇得不敢作聲。變色龍一把甩開他，轉頭便走。

兩人離去後，肇好一段時間仍然站不起來，一方面是驚魂未定，一方面是，他還搞不清楚究竟發生了什麼事。這是他生平第一次被揍，左頰又熱又麻，不斷傳來刺痛，他發現臉頰整個腫了起來。

他慢慢爬起來，往家的方向走去。屈辱的火焰在他心中熊熊燃燒，他憎恨周遭的一切，更氣自己的沒用。肇帶著那副嚇人的面容走在路上，左眼流下淚水，擦身而過的路人無不側目。

過了晚上六點，肇還待在公園裡。他以溼手帕冷敷臉頰，紅腫卻絲毫不見消退。嘴裡也破皮了，舌頭一碰到傷口就是一陣刺痛。

肇走出公園，看到停在路邊的汽車，走過去對著車窗玻璃檢查臉上的傷，然而映在車窗上的，卻是一隻黑色的爬蟲類——不，這已經不是爬蟲類了，皮膚宛如岩石般坑坑窪窪的。這是什麼!?肇忍不住想放聲大叫，卻不知道該喊什麼。

走進家門一看，很難得地，玄關擺著母親與哥哥姊姊三人的鞋子，看來只有父親還沒回來。肇悄悄上樓，和平日一樣正要將書包擱到書桌上，突然愣在原地。

因爲他發現他的書桌旁雜亂地堆滿了紙箱與盒子，簡直像是貨運公司倉庫發生地震似的。肇很清楚發生了什麼事——鬣狗、貓和狐狸犬把自己房間用不到的雜物全堆到他這裡來了。

肇茫然地望著這堆東西，視線落到地板上，這時他發現了某個東西。肇蹲下身，把壓在箱子底下的東西抽出來，那是橋本送給他的蝴蝶標本，玻璃箱破了，裡面的鳳蝶標本也毀了。

肇抱著殘破的標本衝下樓梯，一進飯廳便問道：「這、這是、是誰弄壞的？」聲音比平日宏亮多了。

狐狸犬、鬣狗、貓面面相覷，尷尬地沉默了三秒左右。

「誰叫你把東西放在那種地方。」鬣狗望著別處說道：「不過，不是我弄壞的哦。」

「哥你好詐喔——」貓嘻嘻笑著，撩了撩頭髮說：「壞就壞了啊，反正那是蛾還是什麼東西，多噁心啊，壞了剛好扔掉吧。」

「是……是姊弄壞的嗎？」

「才不是我呢。」

「那就是……」肇怒視著狐狸犬。

正在準備晚餐的狐狸犬蹙起眉頭道：「不要大呼小叫的，你應該先交代你剛才跑哪兒去了吧？補習班不是要上課了嗎？你就是這樣拖拖拉拉的，成績才會起不來啦！」

肇帶著標本離開飯廳，耳中嗡嗡作響，全身滾燙不已。

走上二樓，他把標本放回桌上，淚水奪眶而出。

這時，樓下傳來了竊笑聲，聽在他耳中只覺得是冰冷的訕笑。

肇腦中有個什麼「啪」地斷了。他一把抓起桌旁的球棒，直直衝下樓梯。

肇猛地推開飯廳門，三人都沒理會他。最先發現狀況不對的是貓，一臉冷傲的她看到發狂的肇，登時「嗚——！」地發出慘叫，其他兩人跟著看向肇。

「我宰了你們——！」肇舉起球棒往餐桌一揮，桌上的餐具頓時碎裂四散。「宰了你們——！」球棒再次揮落，碗櫥玻璃應聲破裂，碎片飛得到處都是。肇的怒吼已經不是少年的沙啞嗓音了。

狐狸犬想逃，卻從椅子跌下；鬣狗衝上前想壓住肇，側腹狠狠遭球棒打了一記，強烈的痛楚幾乎讓他失去意識。

貓逃往客廳的途中絆了一跤，肇揮著球棒追上去，貓當場放聲大哭，尿溼了褲子。

「我宰了你們！我宰了你們！我宰了你們！我宰了你們！」肇胡亂揮著球棒，將家中所有物品一一破壞殆盡。玻璃碎片四下飛舞，日光燈也砸爛了，室內一片漆黑，球棒一砸上電器用品，便噴濺出宛如電焊的火花。

肇看到家中那扇正對庭院的落地玻璃窗，一個轉身面對窗子，掄起球棒。

「我宰了你們——！」玻璃窗上，映著一頭怪獸，狂吼的口中吐出青白色火焰。

後記

積鬱電車

我最常搭電車的時期是學生時代，當年的上學路線是先搭近鐵（*1）從布施到鶴橋，再轉乘環狀線到天王寺下車，每天車上都是擠沙丁魚的狀態，當然也少不了色狼和扒手。從布施到鶴橋途中有個站叫千里，我有位友人會在此站上車，他就常在電車上偷摸女生屁股，而且總是說些莫名其妙的藉口，像是「用手背摸就不算色狼啦。」之類的。有一回，友人伸出鹹豬手時，我正好在旁邊，沒想到那位濃妝豔抹的ＯＬ竟惡狠狠地瞪了我一眼。

自從我改搭地下鐵後，就不必再受擠電車之苦了，因爲離我家最近的車站剛好是發車站。不過，說是離家最近的站，也得走上十五分鐘。後來離我家步行三十秒的新站終於落成，已經是我離開大阪之後的事了。

我在當上班族的那幾年都是開車上班，再也不必擠電車眞是讓我鬆了一口氣，不過每天陷入的卻是塞車地獄。我研究出來最有效率的方式是，拖到不得不出門的最後一刻再跳上車，全力抄小路朝公司駛去。

雖然開車上班比擠電車輕鬆，可是下班後就沒辦法和同事去小酌兩杯了。像漫畫《蠑螺小姐》（*2）中的益男和波平一樣把酒言歡，一直是我遙不可及的夢想。

成爲作家後，我都是在家工作，不過曾有兩年的時間在外面租工作室，每天通勤往返。明明是開車二十分鐘就能到的距離，我卻刻意坐公車、轉乘電車，花了將近一小時在交通上。累歸累，卻別有樂趣。那間工作室離市中心很近，編輯們都讚不絕口。反觀現在，從市中心來我家得花上一個半小時左右，想必不太受歡迎吧。

這篇作品就是我在往返於工作室的那段期間靈光一閃想到的……不，說靈光一閃不是很貼切，或許該說，我在電車上試著揣摩眼前人們的心境，故事便自然而然地成形了。

我有時會莫名地懷念積鬱電車，但要我每天搭乘，我可不要。

追星婆婆

有時會發現一些在螢光幕消失好一陣子的演員或演歌歌手，意外地位居高額納稅者排行榜前幾名。他們通常擁有一批高齡死忠歌迷，尤其是老婆婆。

我父母偶爾心血來潮時，也會去看這類表演，只是他們從不掏錢買票，只有在賣報的提供免費票時才會去捧場。印象中我父親對這類表演應該沒什麼興趣，沒想到他還看得挺開心

*1 即近畿日本鐵道，橫跨日本大阪府、奈良縣、京都府、三重縣、岐阜縣、愛知縣二府四縣，除了JR集團外，爲日本民營鐵道中擁有最長路線網的大企業私鐵。

*2 《サザエさん》，日本最早的女性漫畫家長谷川町子（一九二〇—一九九二）的代表作。此部漫畫以主婦蠑螺太太爲中心，描繪其一家七口開朗幽默的生活，反映了日本庶民的生活喜怒哀樂，爲戰後的日本注入了活力，並曾改編爲卡通及電視劇，數十年來，在日本爲無人不知的漫畫。

的，可能上了年紀，心境也多少有變化吧。

父親從事的是貴金屬的精密加工，由於我們家經營的不是什麼高級店鋪，偶爾會有些詭異的客人上門。有一陣子，一位奇妙的女士常跑來提出一些怪要求，好比把上次完工的戒指改成耳環，或是再添一點金子做成胸針等等，把同一塊金屬反覆做成許多樣貌。我一問之下才曉得，她就是所謂的追星婆婆。

原本我決定以這個題材寫小說時，是打算寫成一篇雕金師傅推理怪客來路的故事，那樣架構不但簡單得多，也能輕易塑造出符合大眾口味的溫馨小品，不過那麼一來，就無法表現出追星婆婆的力道了。

一徹老爹

《巨人之星》與《小拳王》(*1)這兩部漫畫，在我的少年時代風靡一時，但現在回想起來，總覺得有幾個疑點實在令人費解，好比我怎麼也搞不懂星一徹發明的「魔送球」是怎麼回事。依據漫畫的敘述，這是三壘手傳球給一壘手的一種手法——三壘手對著跑向一壘的跑者臉部投球，當跑者受驚嚇而速度略緩時，球便來個大轉彎，自動鑽進一壘手的手套裡，說有誇張就有多誇張。星一徹乃知名三壘手，由於肩膀受傷無法投出快速球，才會研究出這個招式。

不過，這怎麼想都太扯了。既然他的球沒辦法快過跑者，哪有可能投出擦過跑者臉部的球呢？

嗯，這部分也不是完全說不過去，我始終無法接受的疑點其實是星飛雄馬面對魔送球的態度。

星飛雄馬一進巨人隊，就領悟到光靠直球無法打下一片天，決定研發新的變化球，因此揣摩出了「大聯盟一號」。在此我想吐槽一下，你不是有從父親那裡學來的魔送球大絕招嗎?那可是變化球的極致耶，根本沒人打得到啊!只要你的球速超過一百五十公里，再配合絕佳的控球，簡直就是如虎添翼，所向無敵了，不是嗎?

然而這個飛雄馬就是不開竅，遲遲沒想到可以把球朝打者臉上扔；等他終於想到這招時，「大聯盟二號」都開發出來了，而且他只是把魔送球當成隱形球使用。接下來這點也說不通：漫畫中每個打者一旦察覺隱形球就是魔送球，便卯起全力一心想打中。我再次強調，魔送球可是超級變化球哦，其引起的風壓甚至能颳起塵土；隱形時當然打不到，但就算看得見球路，也不可能有人打得中耶!

*1《あしたのジョー》，千葉徹彌作畫、梶原一騎原作，於一九六八年開始連載的經典漫畫，經典地位幾乎無法撼動。敘述主角矢吹丈與勁敵力石徹兩位熱血青年一心邁向拳王之路，不惜付出生命燃燒到最後，亦點燃了戰後日本青年努力向上的志氣，拳擊運動更隨之風行。故事情節感人至深，開放式的結尾更是令漫迷低迴不已。

……呃，一不小心就挑了一堆毛病，我和這部漫畫並沒有什麼深仇大恨，這都是愛之深、責之切。實際上在《巨人之星》中，魔送球遠比大聯盟球活躍，從頭到尾不時出現在各個環節，因爲魔送球等於是一徹老爹的分身，飛雄馬只要一天不跳脫魔送球這個框框，他是無法擺脫父親、走出屬於自己的路的。

這篇短篇就是我一邊思索著如此嚴肅的問題，一邊寫下來的。

逆轉同窗會

看過我的書的人或許都知道，我厭惡教師，大概是因爲我從沒遇過好老師吧。有不少人上了年紀，仍對昔日的恩師念茲在茲，每每看到他們，我都覺得好生羨慕。

我的作家友人黑川博行先生曾擔任高中美術教師，我常想，要是我當年有幸遇到如此優秀的導師，或許就不會這麼不相信大人了。但很遺憾地，我所遇到的教師，淨是些想辦法擺出一副聖人模樣的白痴。中學時，我曾遇過一位頗幽默的教師，難得我還滿欣賞他的，沒想到他居然當著大家的面，對著因意外而左眼受傷的我，公然說出不堪入耳的歧視用語。我並沒有因爲他的歧視而受傷，而是對於沒能看清教師眞面目的自己感到氣憤不已。

〈逆轉同窗會〉雖是虛構的故事，靈感卻是來自我的某次親身經歷。我曾受邀參加一場前教師的聚會，但不是同窗會的形式。主辦人希望我能前往演講，他的親筆邀請函用字遣詞相當客氣，令我深感惶恐。

然而，我終究是回信婉拒了，說詞是我實在排不出時間參加，這是事實，但其實還有一個我沒寫進信裡的原因——對方在邀請函中寫了一句：「請恕我們無法支付您演講費」。

不是我愛錢；相對地，若對方堅持要付演講費，我反而會一口回絕。問題癥結在於，信上這麼寫，只會讓我覺得「教師果然都一個樣」。

再舉個例子吧。多年前，我曾爲先前任職公司的社內刊物撰寫散文。一開始是公司前輩打電話來詢問我的意願，緊接著刊物編輯也寄了正式的委託書來，上頭寫著「會盡量幫您爭取稿費」，後來前輩再次來電確認我能否接下此案，我這時才初次表態點頭，於是前輩接著說：「有件事有點難啓齒……，不知道稿費大概請他們準備多少比較好呢？」通常這種案子，報酬的部分都是最後才談的，這我能夠理解。於是我回覆前輩，不必給我稿費，只要送我接下來幾期的社內刊物即可。前輩再度確認我願意採取這樣的方式之後，雙方便談成了，那是一次非常愉快的合作經驗。

我畢業的大學也曾數度向我邀稿。記得有一回，我很突然地收到一大包文件，一頭霧水的我打開來一看，裡面是一疊稿紙、回郵信封，以及一張說明信箋，信箋上寫著他們需要的主題、希望寫成幾張稿紙、截稿日以及聯絡方式。以四百字稿紙換算大約需要二十張原稿，截稿日是二十天後，但上頭完全沒提到稿費的事，這表示他們是希望我免費幫他們寫吧？要是眞的把無稿酬一事寫上去，那位只是爲了區區幾張原稿便得在一個月前打電話通知我的編輯也太可悲了。理所當然地，我沒理會這份邀稿，直到截稿日前幾天，負責人打電話來苦苦哀求，我只好在大量刪減篇幅的前提下幫他們寫了。一般人常會覺得校園是個極度缺乏社會常識的封閉場所，我想事出必有因吧。

學生並不是學校的軍隊或手下，更何況是曾有過師生之情的雙方，更應該視對方爲擁有一份職業的社會人士相互尊重，不是嗎？

前述那位請我去演講的教師，一定也很清楚這一點，但他或許是想向學生撒嬌吧，否則對於得大老遠從東京前往大阪演講的講者，應該是說不出「請恕我們無法支付您演講費」這種話的。我想我無法讓他撒嬌，都是出於我的教師過敏症太嚴重了。

超狸貓理論

我不喜歡怪力亂神的話題，但這不代表我討厭不科學的小說，畢竟我自己也寫了不少不太科學的作品。我所厭惡的，是以不科學的方式去詮釋事實。好比：

「有人在××小學的廁所裡，撞見少女的鬼魂。」

這個說法我認同，因爲確實很可能「有人」看見鬼魂。

「××小學的廁所裡，有少女的鬼魂出沒。」

這個說法我就無法認同了，因爲科學至今仍無法證明鬼魂存在，因此在陳述這句話時，需要佐證。那麼，假使有一百個人都說看到鬼魂了呢？我依舊無法認同；說得極端一點，就算今天撞見鬼魂的是我，我也無法認同鬼魂的存在。在看到鬼魂的當下，能得出的結論只有：「前往該處，能夠見到疑似少女鬼魂的物體。」至於那究竟是什麼東西，則是接下來需要研究、尋找佐證的事。

我們常聽到這種說法：「科學家由於不甘心毀掉他們構築至今的理論，才會拒絕認同超自然現象。」這對於那些推進文明科技進步的偉大科學家而言，是何等的侮辱。沒有人比科學家更期待既定觀念被打破的一天，他們總是夢想著有朝一日能徹底推翻自己一直以來所深信的世界，因爲，科學的進步正是建立在反覆的既定觀念推翻與重建上。從這個角度來看，科學家常是冷漠的。好比阪神大地震發生時，以建築學家爲首的科學家們肯定大爲震驚，然而，將這場慘劇視爲研究資料寶庫的，也正是這些科學家們。

其實，一直不願意面對眞相的，反而是那些非科學論者。試想，過去否定地球自轉論的是科學家還是宗教家呢？

當然，科學家也有出錯的時候；因爲急於導出結論而誤判資料，鬧得世間沸沸揚揚的情形，在從前時有耳聞。但是，有瑕疵的定論在科學世界裡是絕不可能永遠屹立不搖的，一定會有其他科學家重新提出實驗、再三驗證理論的正確性。一旦有他人提出證據予以推翻，科學家是會坦率承認錯誤的，好比針對冷核融合（cold fusion）提出質疑的，也正是科學家。

科學家之所以不認同那些超自然現象研究者，原因不外乎是——超自然現象研究者無法提出證據，光提出眼見或耳聞的紀錄是不足以佐證的。超自然現象研究者拿得出的證據都是照片或影片，當中卻沒有「只有超自然現象能解釋這一切」的例子；說得白一點，大多數證據看起來都是人爲捏造的。大家都曉得，在科學的領域裡，科學家一旦被察覺其理論造假，勢必得退出研究最前線。就這點來看，超自然領域眞是隨便多了。

本篇作品參考自《朝日科學》一九九三年五月號刊載的〈ＵＦＯ影像大揭祕〉(*1)，尤其是科學文字記者久保田裕先生的文章，提供了我許多靈感，在此致謝。

最後我想說的是，我至今仍不相信超自然現象，但我隨時歡迎有人提出證據證明它的存在。只要提得出科學性的佐證，無論是鬼魂、尼斯湖水怪、ＵＦＯ＝外星人的交通工具、超能力等等，我全都相信。不，應該說，我其實非常期待這些超自然現象都是眞的。

無人島大相撲實況轉播

這是我小學低年級時發生的事。

那位中年大叔，總是穿著鼠灰色（已經髒到不能說是灰色了）的襯衫，盤著胳膊，念念有詞地走在路上。他身材瘦削，雙頰凹陷，小平頭摻雜白髮，視線永遠是落在遙遠的某處。

中年大叔幾乎每天都在同一時刻現身，一面自言自語，一面走過我們這群玩耍的孩童身旁，眼中完全沒有我們的存在。大叔身周彷彿張開了一層看不見的防護罩，他安全地躲在自己的小世界裡，沒人能闖入其中。大叔的外表極其平凡，卻飄散出一股苦行僧的氛圍，我們都以爲他喃喃念著的是經文。

有一回我上澡堂途中，大叔剛好走在我前方。他一如往常地盤著胳臂，稍稍駝著背，口中不知低喃什麼。我跟上他後頭，終於聽出他在說什麼了，那是相當驚人的內容：

「八局下半，現在上場的打者是長嶋，他今天的表現是三次打擊，一支安打。投手村山該如何擋下他呢？目前一、二壘有人，村山投出！啊——！是一記外角球！長嶋離開打擊區空揮幾棒。投手丘上的村山與捕手交換了暗號，準備投出第二球。球投出去了！啊！打擊出去！球飛向三、游之間，三壘手沒攔住！游擊手也追不上，安打！安打！是一支左外野安打！二壘跑者正通過三壘奔向本壘，左外野手接到球了，迅速將球直接傳向本壘！這是球與跑者的戰鬥！千鈞一髮，捕手接到球迅速觸殺跑者……跑者安全上壘！安全上壘！安全上壘——！跑者跑回本壘了！捕手立刻將球傳向三壘……三壘跑者也安全上壘！安全上壘！巨人隊先馳得點！而且一、三壘有人……」

*1 原文爲《科学朝日》的〈UFO映像の舞台裏〉。

上述只是我順手寫的，重點是，大叔不斷咕噥著的就是這樣的內容，而且是一氣呵成，毫無停頓。我簡直像在聽收音機的實況轉播似的，搞不好比眞正的轉播還精采。

我後來才知道，大人們都很清楚這位大叔的來歷，聽說他的人生似乎相當坎坷，不過母親接下來說的話，讓我感到莫名地開心。

「他還眞厲害耶，播報得那麼流利，大氣都不喘一下，我想他的腦袋一定很聰明。」

現在回想起這位大叔，我心中依然有股濃濃的懷念之情。

屍台社區

一般來說，人們一生中最大手筆的購物大概就屬買房子了。當然也有人打定主意不買房子，這裡談論的是已經買了或是正計畫買房子的人。

我個人的經驗是，買房子是件相當累人的事；講白點——麻煩死了。在腦中想像擁有自己的房子都是美好的，一旦付諸行動，只會讓你唉聲嘆氣，購屋資金的籌措也是壓力的來源之一。

不過，買房子會這麼折騰人，主要是因爲「只許成功、不許失敗」的心態作祟。畢竟得花上一大筆錢，又不可能輕易說：「哎呀買錯了，丟掉買新的好了。」而且就算要換房子，也得把現有的先賣掉當資金週轉。但問題來了，通常屋主自己都覺得買了後悔的房子，十之八九賣不了什麼好價錢；運氣差一點的，賠本出售還賣不出去呢。

買房子就是這樣，讓人一個頭兩個大。煩惱到最後，往往是憑著一股衝動買下去的。

挑房子的著眼點因人而異，買主看重的是什麼，自然會找到相應的房子。好比同樣是一家之主，每個人對於工作和家庭的重視程度就不盡相同。有人不惜自己遠距離通車上班，也要讓孩子住大一點的房子。想到這些一家之主對家人的愛與付出，我不禁肅然起敬；即使當中摻雜著期待房子增值的不單純因素，我還是覺得相當了不起。我就辦不到。

這篇作品是在泡沫經濟結束沒多久時寫下的，若仿照「現在又不是二戰剛結束的年代」的說法，要說「現在又不是泡沫經濟剛結束的年代」，也是事實，但我總覺得類似這樣的事情仍在某處發生著，不過應該不至於出現屍體就是了。

獻給某位爺爺的線香

我的祖母於九十七歲辭世，她的喪事——這樣的說法或許很怪——那是一場很愉快的喪禮。

我離開老家大阪已經相當一段時間，所以和這些堂兄弟姊妹有將近二十年沒見面了。喪禮上，大家開心地打招呼，好不熱鬧，簡直像在辦同窗會似的。老實說，當我發覺某位大嬸級的婦女是我同年的堂妹時，受到了不小的驚嚇；而在會場四處亂跑的孩童，正是這些大嬸的小孩。

伯公姑婆們也因爲難得見到親戚聚頭，笑得闔不攏嘴。我想喪禮的氣氛之所以能這般融洽，得歸功於祖母的長壽。父執輩那邊早在數年前就開始籌備喪禮資金了，甚至請葬儀社事先估過價。若要說有什麼遺憾，大概就是祖母未能突破百歲大壽這一點。儘管如此，當告別式的司儀說出：「享年九十九歲（好像都得算虛歲）」時，會場響起一陣輕歎，我想每個人都難掩心中的敬佩之情吧。

在場落淚的只有祖母的親女兒，也就是我的姑婆。她將花束放入靈柩內時，輕撫著祖母的臉，潸然淚下。然而這位姑婆在我們一行人搭巴士前往火葬場時，聽到小孫女說撿骨很噁心，她這麼說了：

「撿骨有啥大不了的，不要想那是人骨就不會噁心啦，妳就當作是在撿魚骨頭嘛。」說著咯咯笑了起來。

這篇故事就是我在上述喪禮前夕的守靈夜上突然想到的，而故事標題正如大家所見，我參考了《獻給阿爾吉儂的花束》（*1）的書名。原本我是想將這個故事寫成長篇小說的，但由於原版的《獻給阿爾吉儂的花束》也是短篇版較爲人津津樂道，我想了想，還是決定維持短篇的形式。

動物家庭

所有人類，不是鳥人就是魚人。——此乃在下東野的論述。

其實我提出的這個分類法毫無根據，沒想到朋友們倒是頗贊同此說，還有人附和道：「啊，這麼說來我是魚人呢！」到後來我也覺得，搞不好這麼分類還滿準確的。當然，也有人主張自己不屬於任何一邊。

照這不大可靠的分類法來看，我算是典型的鳥人，因爲我非常喜歡飛機，也玩過拖曳傘，而且我很想嘗試高空彈跳和跳傘，在高空一點也不可怕。

但潛水我就完全不行了。不，豈止潛水，我根本不想看見海裡的景色。我身邊的人都曉得我不喜歡去水族館，連兒童看的圖鑑中出現的海底風景都會讓我背脊發涼。

我曾在加拿大參觀某博物館，當時有一區展示著海中恐龍模型，整個空間布置成太古時代的海底，我一踏進去，就覺得渾身不舒服。

---

*1《獻給阿爾吉儂的花束》（*Flowers for Algernon*），美國作家丹尼爾・凱斯（Daniel Keyes, 1927-）的科幻小說。該書於一九五九年以短篇形式於雜誌上刊載，獲得一九六〇年雨果獎的最佳短篇故事獎，而後於一九六六年改寫爲長篇小說，再獲得當年度星雲獎的最佳長篇小說獎。故事敘述一名心智障礙者查理在接受腦部手術之後，智能由白痴急遽躍升爲無人可及的天才，而後又因手術副作用而衰退變回白痴的過程。該書特色是以查理的第一人稱觀點來敘事，遣詞用字、思維方式隨著他的心智變遷而有顯著的差異。阿爾吉儂是在查理之前接受腦部改造手術實驗的一隻倉鼠的名字。

可是我小時候曾上過游泳教室（現在應該都稱作「Swimming School」吧），還參加過大阪府的游泳大賽，所以並不是不會游泳；我也很喜歡在游泳池裡玩潛水，只是不知怎的，對海就相當感冒。

不過我很喜歡吃魚貝類喔，幾乎來者不拒，所以若要我將自己比喻爲某種動物，我都是回答——海鷗。

關於本篇短篇，我打算不加贅述，就請讀者諸君自己體會吧，因爲不保證符合每位看官的口味。雖然這是我目前所寫的短篇中，自認寫得最用力的一篇作品。

（全文完）

解說

遇見另一個東野圭吾

張筱森

*本文涉及小說情節，未讀正文者請勿閱讀

《怪笑小說》是東野在一九九五年發表的短篇小說集，而這部作品和這之前的東野作品有著截然不同的樣貌。看過《日本大國民》(*1)這個節目的讀者，大概很難不對裡面出現的搞笑精神滿點的大阪府民印象深刻，姑且不論這些府民是否發揮了服務精神，刻意配合製作單位的刻板印象，但這多少讓觀眾對於大阪人慣於且擅長搞笑一事有更多的期待。那麼同樣也是大阪府民的東野又如何呢？從一九八五年出道到開始動筆寫之後收錄在《怪笑小說》和即將出版的《毒笑小說》的短篇小說的這段期間，東野為了在推理文壇求得一席之地，寫了許多各種類型、長短不一的推理小說，清一色都是嚴肅，或是該說不會讓人讀得微微抽動嘴角、甚至露出會心一笑的作品。然而在一九九五年出版的第一本散文集《當時的我們都是傻瓜》（あの頃ぼくらはアホでした）卻是讓東野屬於大阪府民的那一面顯露了出來。在這本散文集中，東野以一種自嘲、挖苦的口氣自爆學生時代的爆笑過往，然而在爆笑之餘仍可看出東野對事情與眾不同的觀察角度，以及隱約露出的尖刻。而這種挖苦、尖刻的搞笑口吻如果寫成小說會是什麼樣子呢？收錄在本書《怪笑小說》的所有作品就是東野性格中這一面的最佳示範。

收錄在這部作品中的短篇小說，有些的確不負其《怪笑小說》書名中的「笑」一字，的確會讓人想要躲到角落去哈哈大笑一場。例如第一篇的〈積鬱電車〉，雖然我從未搭過尖峰時段的日本電車，但畢竟也是住在每天都要擠公車上下班的地方，對於尖峰時段的公車也是相當地有心得。對於東野那筆下宛如火山噴發一般的流暢抱怨，可是相當地能夠投入感情。更不用說最後的那記回馬槍，除了帶有一點敘述性詭計（？）的趣味之外，更是十分令人好奇在那之後的發展呢。而那記回馬槍，也讓本書收錄的所有作品，不只停留在「搞笑」的階段，而是更進一步地露出了東野在前述的散文集中尖刻、極為黑色的那一面了。真的可以就這樣就著接二連三噴發出來的笑料哈哈大笑嗎？真的可以確定身為讀者的自己和東野筆下的奇怪現象沒有關係嗎？

像是〈追星婆婆〉一篇中的主人翁為了追星豁出一切，最後連命都要丟了。想必絕大部

*1 「秘密のケンミンSHOW」，台灣譯作《日本大國民》，日本電視臺二〇〇七年開始播送之綜藝節目，介紹日本全國四十七都道府縣民的特色民情。

分的人都當過追星族，也做過一些事後回想或是甜蜜、或是不堪回首的事情。東野將這種行爲徹底放大後，就成了荒謬並且不忍卒睹的結尾。而這種誇大描寫對於某些事物的徹底偏執，在這部作品中還不止〈追星婆婆〉一篇。〈超狸貓理論〉中徹底拘泥於狸貓理論的男人將大半輩子都獻給了一個無人理解的奇怪理論，然而他所看見的生物其實很可能只是他的攝影機拍到的飛鼠罷了。淡淡的一句話，對照著主角在電視節目中的熱切發言，其實我感受到的與其說是滑稽，倒不如說是一種深刻的絕望，甚至對於人類竟可偏執至此的恐懼。〈無人島大相撲轉播〉中的收音機男也是這樣的存在，光是他被眾人叩叩敲頭的結果，想必是很令人不寒而慄的光景吧。〈屍台社區〉一篇也是透徹地描寫了升斗小民爲了保衛「自己的房子」一事能夠奮力、誇張到什麼程度。而〈一徹老爹〉中的主角父親也是這類人種，而在這背後也可讀出東野對於以《巨人之星》爲代表的所謂「毅力運動漫畫」的不以爲然。而這種對某些很習以爲常的存在的不以爲然，從〈逆轉同窗會〉也看得出來，讀到後來都不禁爲這些老師們尷尬了。

　　這部作品的搞笑比重似乎是從開頭的著重幽默，逐漸轉變成以黑色爲主，到了最後兩篇更是完全不搞笑，徹底地轉向黑色了。〈獻給某位爺爺的線香〉從日文篇名就不難看出是對丹尼爾・凱斯的經典科幻小說《獻給阿爾吉儂的花束》書名的諧仿。「某位爺爺」的日文發音（あるジーサン）和「阿爾吉儂」的日文發音（アルジャーノン）有著諧音的趣味，這種利用諧音刻意將名言錦句轉換成帶有搞笑或諷刺的作法，是日本人相當習以爲常的搞笑段子。然而本篇絲毫沒有任何搞笑的成分，明知劇情必定會如原作那樣展開，卻依然被吸引而繼續往下讀去，然後在最後的一篇日記揪心不已。雖然最終不免是哀傷的結局，但至少老爺爺曾經在恢復年輕的過程中，獲得了失去許久、來自他人的感情滋潤，黑暗中還帶著非常幽微的光明。最後一篇的〈動物家庭〉便是灰暗到極點，一路讀來令人心驚膽跳，結局更是徹底地無可救藥了。

這本標榜幽默、搞笑的短篇小說集以超爆笑的〈鬱積電車〉起頭，以讀完令人超鬱悶的〈動物家庭〉結尾，這還眞是東野圭吾獨特的搞笑手法了。台灣讀者已經透過《名偵探的守則》和《超．殺人事件》領教過東野對於同業毫不留情的戲謔嘲弄，這次透過《怪笑小說》則能夠發現東野對身爲讀者的社會大眾也是毫不手軟的呢。而換個角度來看，東野性格中那種犬儒、憤世嫉俗的特質，也正是讓他能從再普通不過的事物中發掘出荒謬、不合理的那一面，也讓他成爲一個擁有許多故事抽屜的作家。所以讓我們一起期待接下來的《毒笑小說》和《黑笑小說》中繼續這樣火力全開，最後連自己的作品都一起玩下去的東野圭吾吧。

本文作者介紹

張筱森，推理小說愛好者，推理文學研究會（MLR）成員。結束了日本囤積推理小說的留學生涯後，回到台灣繼續囤積。

國家圖書館出版品預行編目資料

怪笑小說／東野圭吾著；林佩瑾譯. -- 初版. -
台北市：獨步文化：家庭傳媒城邦分公司發
行，2010〔民99〕
　面；　公分. --（東野圭吾作品集；
23）
　譯自：怪笑小說
　ISBN 978-986-6562-56-3（平裝）

861.57　　　　　　　　　　99007640

東野圭吾作品集23 怪笑小說

原著書名／怪笑小說
原出版社／集英社
作者／東野圭吾
翻譯／林佩瑾
責任編輯／詹靜欣
編輯總監／劉麗真
總經理／陳逸瑛
榮譽社長／詹宏志
發行人／涂玉雲
出版／獨步文化
城邦文化事業股份有限公司
104台北市中山區民生東路二段141號5樓
電話：(02) 2500-7696　傳真：(02) 2500-1967
發行／英屬蓋曼群島商家庭傳媒股份有限公司
城邦分公司
104台北市中山區民生東路二段141號2樓
讀者服務專線：(02) 2500-7718; 2500-7719
24小時傳真服務：(02) 2500-1990; 2500-1991
服務時間：週一至週五上午09：30-12：00；下午13：30-17：00
讀者服務信箱E-mail：service@readingclub.com.tw
劃撥帳號／19863813
戶名／書虫股份有限公司
香港發行所／城邦（香港）出版集團有限公司
香港灣仔駱克道193號東超商業中心1樓
電話：(852) 25086231　傳真：(852) 25789337
E-mail: hkcite@biznetvigator.com
馬新發行所／城邦（馬新）出版集團 Cite (M) Sdn Bhd
41, Jalan Radin Anum, Bandar Baru Sri Petaling,
57000 Kuala Lumpur, Malaysia.
電話：(603) 90578822　傳真：(603) 90576622
E-mail:cite@cite.com.my
美術設計／戴翊庭
排版／浩瀚電腦排版股份有限公司
印刷／鴻霖印刷傳媒股份有限公司
□2010年（民99）7月初版
□2018年（民107）8月28日初版十二刷
售價／260元
Printed in Taiwan

城邦讀書花園
www.cite.com.tw

獨步文化
APEX PRESS

廣	告	回	函
北區郵政管理登記證			
台北廣字第000791號			
郵資已付，免貼郵票			

104台北市民生東路二段 141 號 2 樓

英屬蓋曼群島商家庭傳媒股份有限公司

城邦分公司

請沿虛線對摺，謝謝！

獨步文化
APEX PRESS

書號：1UE023	**書名**：怪笑小說	**編碼**：

請於此處用膠水黏貼

獨步文化 APEX PRESS

讀者回函卡

獨步四週年慶

百怪夜行2010

謝謝您購買我們的書籍!

請填寫此回函卡，於2010年9月14日前（郵戳為憑）寄回，就有機會抽中：

1. Sony Ericsson Xperia X10 mini （價值$11,800） 1名
2. 4G 造形隨身碟 （價值$699） 8名

現在上bubu's blog (http://apexpress.blog66.fc2.com/) 還有驚喜好禮等著您！

姓名：________________ 性別：□男 □女

生日：西元________年________月________日

地址：________________

聯絡電話：________________ 傳真：________________

E-mail：________________

學歷：□1.小學 □2.國中 □3.高中 □4.大專 □5.研究所以上

職業：□1.學生 □2.軍公教 □3.服務 □4.金融 □5.製造 □6.資訊 □7.傳播 □8.自由業 □9.農漁牧 □10.家管 □11.退休 □12.其他________________

您從何種方式得知本書消息？

□1.書店 □2.網路 □3.報紙 □4.雜誌 □5.廣播 □6.電視 □7.親友推薦 □8.其他________________

您通常以何種方式購書？

□1.書店 □2.網路 □3.傳真訂購 □4.郵局劃撥 □5.其他

您喜歡閱讀哪些類別的書籍？

□1.財經商業 □2.自然科學 □3.歷史 □4.法律 □5.文學 □6.休閒旅遊 □7.小說 □8.人物傳記 □9.生活、勵志 □10.其他

對我們的建議：________________

____

____

注意事項：

1. 中獎名單將於2010年9月21日公布於獨步文化 bubu's blog 及城邦讀書花園。
2. 獎品將於2010年9月24日前掛號寄出。
3. 獨步文化保留修改活動辦法之權利。

請於此處用膠水黏貼